迈向大山的一百步

〔意〕朱塞佩·费斯塔 / 著　　李志宇 / 绘　　秦昕婕 / 译

GUANGXI NORMAL UNIVERSITY PRESS
广西师范大学出版社
·桂林·

迈向大山的一百步
Maixiang Dashan De Yibai Bu

出版统筹：伍丽云
质量总监：孙才真
责任编辑：文　雯
责任美编：唐明月
责任技编：马其键

图书在版编目（CIP）数据

迈向大山的一百步 / （意）朱塞佩·费斯塔著；
李志宇绘；秦昕婕译. -- 桂林：广西师范大学出版社，
2025.10. -- （魔法象）. -- ISBN 978-7-5598-8076-5

I. I546.84

中国国家版本馆 CIP 数据核字第 2025WB5419 号

广西师范大学出版社出版发行

（广西桂林市五里店路 9 号　邮政编码：541004）
网址：http://www.bbtpress.com

出版人：黄轩庄

全国新华书店经销

唐山富达印务有限公司印刷

（唐山市芦台经济开发区农业总公司三社区　邮政编码：301501）

开本：880 mm × 1 240 mm　1/32

印张：5.25　　字数：79 千

2025 年 10 月第 1 版　　2025 年 10 月第 1 次印刷

定价：34.80 元

如发现印装质量问题，影响阅读，请与出版社发行部门联系调换。

谨以此书献给桑德罗和丹妮拉。

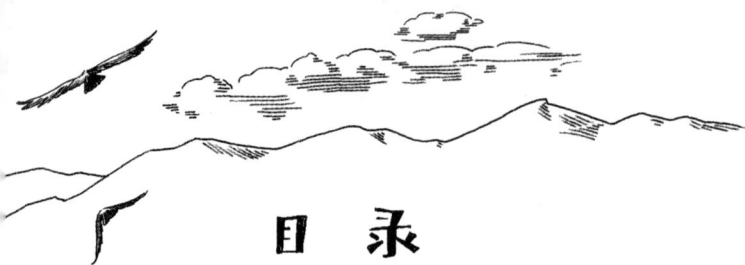

目　录

序

深夜，少年从梦中醒来。山谷里寒意渐浓，夜空中群星闪烁。冰凉的山风穿越山谷，树林颤抖着打了个寒战。凛冽的风沿着峭壁攀升，一直吹拂至群山之巅。

冬日已经降临近两个月了。

不远处的悬崖边，一个熟悉的身影正凝视着前方黑暗的树林，专注地观察着四周细微的动静。

那是男孩的父亲。

究竟是何事让父亲彻夜未眠？会有什么不好的事情发生吗？

男孩紧紧拥抱着母亲温暖的身体，将自己裹进柔软的羽绒被中，不安地睡去。

第 一 章

大山用树脂的香气欢迎卢齐奥。

这个问候来得并不突然。他方才走在山下，穿过被太阳晒得暖烘烘的牧场，已经嗅到了冷杉树脂的气息。走入一条林中小道，树脂的气味逐渐变得浓郁起来，他的皮肤感受到了树影带来的阴凉，山间清新的空气夹杂着温和的香味立刻包裹了他的身体。卢齐奥从来不喜欢被人拥抱，但他却喜欢森林的怀抱。

"太好了，终于凉快了。"彼娅停下脚步，一边整理自己背包的肩带一边说。

她的声音把走在身后的卢齐奥吓了一跳，男孩没想到姑姑的这句话竟然能在这里产生如此深沉浑厚的回音。松树的树干真是完美的共鸣箱。

"要是带了长笛来就好了！"卢齐奥有些懊悔。山里松林会以独特的回声来回应他演奏的每一个音符，这与在那片生长在他家附近的、年轻的橡树林中演奏的效果截然不同。"下次我一定要带长笛来，这样我就可以在这松林里录上一段奏鸣曲送给我的音乐老师做纪念了。"

卢齐奥在学校是个让人"又爱又恨"的孩子：他喜爱的科目随随便便就能考个满分带回家，但是那些他认为无聊透顶的科目他照样也可以轻轻松松就来个不及格。音乐就属于那些他喜爱的科目中的一个，而且他非常喜欢自己的音乐老师，只可惜初中毕业后他就没法再上老师的课了。

"反正我们还会再来呀。"姑姑安慰侄子，"哈哈，我觉得这里的音乐会貌似已经开始了。你听，这是什么声音？"

"哪个？"卢齐奥问，"有好多种声音呢。"

"从上面传来的那个。"彼娅一边回答，一边观察着头顶茂密的树枝。

"是苍头燕雀。"卢齐奥说。"那边是一只大山雀，应该还有一只红交嘴雀。"他指着上面说。

与此同时，一只啄木鸟开始敲击空心树干发出清脆的笃笃声，布谷鸟清脆的声音从草甸深处传了出来，蚱蜢们有节奏地开起了演唱会。卢齐奥认真地分辨着每一种声音并把它们牢牢记住，然后他用左手抓住姑姑的丝巾，在自己的手腕上绕了几圈。

"我们继续走吧。"卢齐奥兴致勃勃地说。

这时一声高亢的鸟唳划破天空，男孩吓了一跳，心怦怦直跳。

"天啊，是一只鹰！"他叫道。

彼娅透过茂密的树枝努力望去："一只鹰？你当真？"

卢齐奥将一根手指放在嘴边："嘘！"

接着传来了第二声鹰唳，声音弱了一些。

"他要飞走了。"卢齐奥判断。

二人静静地等了一会儿，却再也没有听到任何声音。

在那高高的峭壁上，一只小鹰正伸长了脖子等待着父母归来。

没过一会儿，鹰妈妈猛扇了两下翅膀停了下来，小鹰感觉到一阵强有力的气流扑面而来，随之从空中落下的除了尘土还有几片羽毛。饿坏了的雏鹰赶紧朝鹰妈妈走了几步。这次鹰妈妈带回来的美味是一只鲜嫩多汁的野兔。小鹰已经长大了，鹰妈妈不再需要把猎物撕碎了来喂它，而是站在那里看着小鹰自己扑向猎物并将其吃掉。一直等到小鹰吃饱了，鹰妈妈才去解决掉剩下的食物。最后，鹰妈妈用嘴亲了亲小家伙，又一次飞走了。

吃饱了的小鹰乖乖蜷缩在巢穴的中央，舒舒服服地闭上眼睛，打起盹来。

鹰爸爸呢？它早在黎明前就已经乘着风飞走，寻找猎物去了。

"加油，我们快到了。"彼娅对男孩说。

他们此行的终点是"百步"山屋。彼娅已经来过这里许多次，今年夏天她决定带上自己的侄子。卢齐奥的右脚跟磨出一个水泡已经有好一会儿了，但这会儿他没有感觉到特别地疼痛，因为他脚下是一层厚厚的针叶。这些针叶盖在坚硬的碎石路上，就好像一块柔软的大毯子。此刻，他们已然身处森林的最深处。虽然脚没那么疼了，但男孩还是意识到自己走路有点儿一瘸一拐。他努力强迫自己做出能正常行走的样子，但他的动作还是没能逃过姑姑的眼睛。一找到机会，彼娅就停住脚步，坐在了路边的一块大石头上。

"你还好吧，卢齐奥？"她边说边解开了鞋带。

"我没事，怎么啦？"

"我的脚好痛，磨出了好几个水泡！"彼娅一边抱怨一边仔细观察着男孩的表情，"真是的，我为什么非要穿一双新鞋子来呢！"

"要不贴上创可贴吧。"他站在姑姑前面建议说。

"我正想这么做呢。"她边说边在背包里翻找起来。

"看，找到了。"彼娅脱下鞋，假装贴上了创可贴。"好了，这下好多了。"她装作终于舒服了的样子，"你呢？你的新鞋子穿着舒适吗？"

卢齐奥沉默了片刻，然后小声问道："姑姑，你还有多的创可贴吗？"

彼娅笑了。她对眼前的这个孩子了如指掌。她知道，如果没有这个善意的谎言，卢齐奥永远不会承认自己有麻烦，而且会一直坚持走到木屋，哪怕脚被磨得血肉模糊也不会吭一声。

男孩放下登山杖，脱下鞋子，他的手指不小心碰到了已经满是积液的水泡，疼得抖了一下。接着他贴好创可贴，重新穿上了鞋子。

"从现在开始我们不能再停下了，"他嘟囔着站了起来，"要不然什么时候才能到呀。"

男孩左手拽住姑姑的丝巾，右手拿起登山杖，拍拍姑姑的肩膀，大声地说："前进！"

不久之后，一阵震耳欲聋的水流声传入耳中，两人穿过一座摇摇晃晃的木桥，来到一个巨大的瀑布前。卢齐奥面朝着瀑布，水珠旋转着落在他的脸上，峡谷中潮湿的微风吹拂着他，这一切令他欣喜万分。

"我们快到了，"彼娅说，"我记得这个瀑布。"

不一会儿，他们就走出了树林。两人沿着一条小路走了几百米，然后走上了一条崎岖的小路。这正是通往木屋的路。

"百步"山屋就这样悄悄地出现在山谷的那一面。

卢齐奥听到了远处游客们在木屋外的木椅上交谈的声音。他松开了彼娅系在腰带上的丝巾，从背包的一个口袋里拿出了一根伸缩杖。

彼娅叹了口气说："你为什么不让我拉着你的手，你完全不需要……"

"姑姑！"卢齐奥坚定地打断了她正要说的话，"走吧，我跟着你。你只需要发出点儿声音就好。"

姑姑十分熟悉男孩说话的这种语气，她知道他是不会妥协的。她什么也没说，开始继续往前走，而卢齐奥的脸色有点儿难看。丝巾是卢齐奥能接受的底线……牵他的手则绝对行不通。

"我只是眼睛看不见而已，又不是小孩。"卢齐奥心想。

目的地离他们越来越近了。

第 二 章

"这条该死的小路为什么怎么走都走不到底。"佩奇奥抱怨道,"我们选这条路线实在是浪费太多时间了,早就跟你说我们应该把车停在村子里,然后……"

"你能不能别抱怨了。"葛拉科终于爆发了,"你难道不知道我们做的这一切就是为了不被人看见吗?!"

"依我看,我们把越野车停在山路上更显眼好不好。"佩奇奥反驳道。

"就这样吧。如果事情进行得不顺利,至少我们还可以快点儿溜掉。"

"看着吧,我有种不好的预感。"

佩奇奥身上背着一大捆登山绳,心里十分不满,他放慢脚步，不停地嘟囔着。他很喜欢攀岩，但他压根儿不喜欢步行，尤其还要驮着那么重的登山装备走山路。

"我们马上就到了。"葛拉科说，"我答应你，一走出这条山路我们就立刻找个安静的地方休息。"

"最好还能生上一把火，"佩奇奥拉长着脸，"干了这么多累活儿，我晚上一定要吃上一大盘面包配芸豆，谁也不许和我抢。"

"而且我要把你放在我背包里的那些该死的芸豆都吃光，它们实在是重死我了。"说罢，佩奇奥又挤了挤眉毛接着对同伴嘟囔，"喂，要不你来背绳子，我来背其他东西，好不好？"

"哎呀，你就少说点儿话，省点儿力气行不行！最多再有半小时路程我们就可以休息了。再说，明天一早我们就到目的地了，你真啰唆。"葛拉科搓着双手又生气又不耐烦地对他的同伴说。

山的那边，卢齐奥和姑姑终于抵达了目的地。"百步"山屋里聚集了很多背包客，气氛十分热闹。然而，嘈杂的

人声却令男孩感到不适。他听到右边有个女孩在不停地说话，而左边有一群人在大声地嬉笑吵闹。此刻，他感觉一刹那又回到城市繁华的街头，被车水马龙的嘈杂声所环绕。所有的这些声音令他心绪不宁，因为只有在山间绝对的宁静中，他才能感到平静。唯有在山里他才能准确地分辨和捕捉到不同声音在空气中传播时产生的那种截然不同的轨迹，这也是他钟爱大山的真正原因。

卢齐奥尽力让自己静下心来，他不想让自己被周围的环境所干扰。然而，他很快就被玉米粥和烤蘑菇发出的诱人香味"打败"了。他摸了摸自己的肚子，感到饥饿难耐。其实，在爬山的途中，他就已经反复翻了几次自己的口袋。他习惯在衣服口袋里面塞满他钟爱的太妃糖，这些焦糖味的快乐小方块总会治愈他的疲惫。在他遇到困难的时候，糖果散发出来的香味总能带给他愉悦和巨大的安全感。

"来吧，我带你去认识一下我的朋友埃托莱。"彼娅对侄子说，"他在那儿，就在吧台后面。"

两人径直走了过去。吧台后面站着一个上了年纪的男人，他正是"百步"山屋的主人。

"欢迎你们！"埃托莱见到俩人，立刻张开双臂，一边大步流星地朝他们走过去，一边热情地打着招呼，"太棒了，你们最终还是在日落前赶到了！"

埃托莱微笑着，他的声音听起来很温暖，让人安心。

"你一定就是卢齐奥吧，"他边说话边把一只手搭在男孩的肩膀上，"你姑姑经常跟我提起你。"

"埃托莱，嘘，别这样说，卢齐奥会不高兴的。"彼娅叉着腰，微笑地看着自己的老朋友，说道。

"好吧，好吧。那么，你们是先到楼上的房间休息一下，还是想先吃点儿东西呢？"

彼娅犹豫地看着侄子。

"要不我们先去房间吧，姑姑。"卢齐奥贴在姑姑耳边小声地说了一句。尽管饥饿难耐，但此刻他完全忍受不了此时人声鼎沸的餐厅。

于是，埃托莱陪他们来到楼上的客房。

他们一边上楼，卢齐奥一边在脑海中绘制出了山屋的地图：木质楼梯在柜台的左边，楼梯有两层，每层有12级台阶。然后，每层有一条长长的走廊通向各个房间。卢齐奥能清晰地感觉到他脚下那些木板间的摩擦，不时他还能感觉到脚步的回声在向右或向左延伸。"有些房间的门一定是开着的。"男孩心想。

走廊尽头就是他们的房间。

一进门，他们就闻到松树和薰衣草散发出来的那种让人愉悦的气味。

"那么，你们好好休息一下，可以先洗个澡。"埃托莱对彼娅说，"不过，这里的浴室是与其他客人共用的。很抱歉，我们这儿只是一个简陋的木屋，没法和城里那些星级酒店比，但是说到星星，我们这儿可不缺。到了夜晚你们就可以看到满天的繁星，定会叫你们难以忘怀。"

彼娅耸了耸肩，回答道："我们完全不介意，一点儿都不要紧。"

"那么，我在楼下等你们吧……我想一会儿那些吵闹的家伙就该走了。"埃托莱小声补充着，"他们真的太吵了，还好只是路过，一会儿他们应该要去山谷里露营了。"

埃托莱走后，卢齐奥做的第一件事就是脱下了自己的鞋子。他一句话也没说，只是长长地舒了一口气。然后，卢齐奥借助登山杖探索了整个房间。他一直拒绝用导盲杖。"这个用着正好。"他一边说一边熟练地舞弄着自己的登山杖，好像他拿着的是击剑选手手里的花剑一般。

卢齐奥和彼娅把背包里面的东西拿出来，然后爬上床休息。他们静静地躺着，等待着山屋里的人声渐渐散去。

卢齐奥和姑姑一起徒步已有三年了。起初，他们的行程比较轻松，"征服"的地方就是离家不远的地方。亚平宁山脉那些平缓的山丘已经让他感到快乐不已。"总有一天我会带你去征服阿尔卑斯山，我们去欧洲最大的山脉里探险。"彼娅曾向卢齐奥承诺。而如今，他们做到了。现在，他们就身处阿尔卑斯山脉，站在多洛米蒂山区最中心的位置。

卢齐奥在两岁时被确诊患有先天性视网膜退行性疾病。他的父母带着他四处求医，希望能有办法保住他的眼睛。在卢齐奥的父亲必须工作的时候，姑姑彼娅就自告奋勇陪伴着男孩的母亲，和她一起照料男孩。因此，姑姑成了卢齐奥生活中另一位至关重要的亲人。

在意大利经历了几次治疗失败后，父母决定带卢齐奥去国外求医。他们首先去了法国，然后是德国，最后去了瑞士。他们费了很大劲在瑞士的医院找到了一位十分权威的眼科专家，但这位医生的诊断让他们失去了最后的希望。他断言这个孩子肯定会丧失视力，而且最晚在九岁或十岁的时候就会彻底失明。他甚至表示，如果病情恶化得更快，卢齐奥失去视力的时间可能会更早。

最糟糕的情况还是不可避免地发生了。卢齐奥在他五岁的时候失明了。他经历的并非突然而绝对的失明，而是一个缓慢而可怕的过程：起初，他的眼睛只是失去了对物体的聚焦能力；随后，他看到的事物和人的面部逐渐模糊不清；然后，周围的一切似乎变得越来越不清晰；接着，事物的轮廓和颜色逐渐消失，直至最终被黑暗完全吞噬。

然而，小孩子总是能够迅速地适应变化。失明的小卢齐奥很快在黑暗的世界中摸索出了一些窍门，学会了在看不见的情况下应对生活中的一切问题。与那些一出生就失明的人不同，卢齐奥有着很强的视觉记忆，他记得五岁以前看到过的所有图像，这些画面仍然在他的脑海中，映射出他对周围世界真实的理解。

随着时间的推移，卢齐奥渐渐摸索到了一种完美的方法，使他可以像一个正常的孩子一样生活。只是，他对旅行这件事却产生了极大的抵触。多年的求医经历让他对旅行感到害怕，因为对他来说，离开家意味着要接受讨厌的治疗和那些医生冰冷的嘱咐。

姑姑深知，只有改变卢齐奥对旅行的看法，才能带他走出"囚禁"他的小镇。在卢齐奥八岁生日那天，彼娅决定为他准备一个特别的礼物，那就是带他去欧洲最大的迪士尼乐园游玩一趟。彼娅向哥哥和嫂子提出这个想法时，他们既惊讶又高兴，但同时也为卢齐奥的远行感到担忧。然而，经过一番努力，彼娅最终还是说服了他们，带着卢齐奥踏上了旅程。这次旅行是一段只属于姑侄两人的美好时光，也给男孩留下了许多难以磨灭的回忆：卢齐奥永远不会忘记他在巴黎体验到的那些新奇的声音、气味和感觉。自从那次旅行之后，彼娅和卢齐奥就约定好每年都会一同出国旅行一次，这仿佛成了他们生活中一个特殊的仪式。如今，姑姑已经带着男孩一起去过了阿姆斯特丹、伦敦和巴塞罗那。旅行让男孩变得更加开朗和自信。

可是后来，彼娅换了工作。她的新工作需要轮班，随时待命。这样的变化让她带卢齐奥出国旅行变得不太切合实际。她不得不重新调整计划，开始带男孩去山里徒步。彼娅在童年时曾是童子军的一员，少年时期那些在山里探险的经历如今仍历历在目。尽管年岁已长，但她依然热衷于穿上登山靴一头钻进山里。对她而言，徒步的目的地并不重要，山谷中坎坷的小径有多曲折也无所谓，她甚至毫不惧怕徒步中的种种困难和危险，因为她追求的是一种内心的满足感，一种完全依靠自身力量实现目标的成就感。她渴望体验的是那种在机械和汽车尚未被发明之前，人们过着的朴素的生活。

就这样，彼娅翻出了自己的旧登山背包，又为卢齐奥购置了一个崭新的背包。她坚信大山将为这个孩子开启一个不同的世界，因为这里的一切会以一种崭新的方式刺激他的感官。

事实上，第一次来到山里徒步的卢齐奥就发现了自己的变化。他觉得自己就像一根卫星天线一样，在接收了多年来自地球的信息后，突然某一天接收到了来自另一个世界的脉冲波。虽然他感知到的这个新世界在某种程度上与姑姑之前所描述的并无太大差异，但这里的一切似乎激发了他所有的潜能。

第 三 章

天色已晚，太阳和山谷道完别，从西边群峰的山尖下隐去了自己的身影。一阵寒意袭来，晚风吹乱了小鹰的羽毛，而饥饿让它的胃又开始痉挛起来。对小鹰来说，等待父母归巢的日子似乎没有尽头。鹰妈妈之前带回来一只野兔，可它短暂停留之后就飞走了，小鹰吃饱后就在巢穴里安静地等着鹰妈妈再次归来。

小鹰试着挥动了一下翅膀，用力拍打了几下，心想或许自己能够飞起来。然而，它很快就失去了平衡，笨拙地坠落下来。担心跌落悬崖，小鹰不敢再轻举妄动。尽管它明白总有一天自己会像妈妈那样翱翔天际，但此刻它的羽翼显然还未丰满。

突然，一声尖锐的呼啸划破天空，接着又是更加有力的第二声呼啸。鹰爸爸和鹰妈妈回来了，然而，这次它们并没有带回任何猎物。

"这群游客真是太吵闹了，"埃托莱说着，语气有些厌烦，"还好他们终于要趁着夜晚的凉意离开木屋，去山谷里露营了。"

彼娅和卢齐奥这才下楼去，坐在了壁炉边的桌子旁。

"巧克力蛋糕快好了，我做的冷饮也快了，茶里没放糖。"埃托莱在厨房里对他们说。

终于，卢齐奥可以认真地、充分地体会木屋内各种神奇的声音了：木头在炉火中燃烧时发出噼里啪啦的声响，那应该是山毛榉被点燃后发出的声音；咖啡机运转时发出的嗡嗡声，声音轻快而有力；洗碗池的水龙头未被拧紧，水珠滴答滴答地滴落下来；一只蜜蜂无意中闯入了木屋，它试图飞出去采食草地上的花朵，然而却被窗玻璃挡住了路，它一次次撞击着玻璃，徒劳无功；壁炉上方的墙壁上悬挂着一枚钟，它正在报时，发出类似杜鹃鸟般布谷布谷的叫声。

卢齐奥坐的木椅上铺了一些垫子，他用手摸了摸，布料的表面很粗糙，但是如果把手压在垫子上能感觉到松松软软的。他又摸了摸面前的木桌子，桌子表面因为使用太久已经变得非常光滑，但卢齐奥能感受到木头因自身的纹理形成的那些细微的、凹凸不平的痕迹。他用手指轻轻抚摸桌面上那些像峡谷一样的小裂纹，就好像在解读着一些神秘的符号。

"快来尝尝，"埃托莱端着个托盘走了过来，"也不知道你们喜不喜欢这个蛋糕，这可是我亲手做的。"

"我超爱巧克力！"男孩高兴地说着，立即塞了一大口蛋糕到嘴里。

就在吃蛋糕的时候，卢齐奥突然注意到了一个新的声音。他听见有人以轻盈的步伐穿过吧台，紧接着是餐具和杯子相互碰撞所发出的叮叮当当声。男孩侧过头，目光朝着声音的来源方向移去，木屋里的其他人也纷纷跟着他的视线看了过去。

"嘿，琪娅拉，"埃托莱大声喊道，"你快过来一下，我要给你介绍两个新朋友。"

女孩放下了手头正在擦拭的陶瓷餐具，向埃托莱走了过来。

眼前这个漂亮的年轻姑娘正是埃托莱的孙女。

"这是我的朋友，彼娅·特丽斯，这个正在吃蛋糕的男孩是她的侄子卢齐奥。"

男孩很快用餐巾把自己的嘴巴和手擦了个干净，又迅速嚼了嚼嘴里的那一大块蛋糕，想把它快速地吞下去。"你好。"男孩边说边做了个打招呼的手势。

"你好，我叫琪娅拉。"她小声回应道，似乎非常害羞。她嘴里含了一颗肉桂薄荷味的糖果，没有坐下，只是站在桌子旁边，出神地打量着眼前的这个男孩。

"要来块蛋糕吗？"彼娅笑着问她。

"呃，我想先把碗洗完。"她犹疑着说。

"没事，"埃托莱对她笑了笑，"可以先不洗，把碗搁在热水里，让它们自己泡会儿温泉，哈哈。"

女孩给她爷爷做了个鬼脸，然后坐了下来，给自己倒了杯茶。

"要加糖吗？"卢齐奥问她。

她理了理散乱的发丝，把它们别到了耳朵后。

"好的，谢谢。"

"你要白砂糖还是蔗糖？"

卢齐奥手上拿了两个糖袋。

"蔗糖就好。"

男孩准确地撕开了蔗糖的糖袋并把糖粉撒进了茶里。他的举动让大家惊呆了。琪娅拉瞪大了眼睛，很拘谨地说了谢谢，却没有勇气张口问他是怎么做到的。

彼娅和埃托莱两人开始热烈地交谈。卢齐奥只听到他们在谈论当年下雪的情况以及气温上升对山区环境可能造成的影响。他也想和眼前的这位女孩聊聊，于是决定主动和琪娅拉打开话匣子。男孩感到有些紧张，因为他突然想起了他的朋友杰杰。在初中时，杰杰曾是个"名人"，因为他每次和女孩子交朋友都以失败告终。作为杰杰好朋友的卢齐奥误以为自己因此学到了一些与女孩交往的窍门，他觉得自己十分清楚地知道和女孩聊天时要避免说些什么。

"你多大啊？"卢齐奥问女孩。

"十四岁。"她边喝茶边回答。

"和我一样呢。那你初中应该读完了吧?"

"对。"

"你和你爷爷住在这里,对吗?"

"不,我不住这儿。"琪娅拉简单地回答了一句。按理说,接下来她应该进一步解释自己住在哪里,为什么会出现在这个木屋里,但她没有继续说下去。一方面,她自知性格不算开朗;另一方面,她也感到了一丝尴尬,因为她从来没有和一个盲人说过话。琪娅拉在心里暗想:"虽然这种

说话方式可能有点儿不礼貌，但人也并非时刻都要对别人彬彬有礼吧。"她试图为自己对待男孩奇怪的态度找个牵强的理由，但实际上，真正的原因是与一个盲人交谈使她感到有些局促不安。

卢齐奥意识到琪娅拉可能并不怎么想和他聊天，于是他也不再开口，只是低头专心地吃着东西。他拿起蛋糕，咬了一口，内心却无法平静："天哪，我竟然和一个女孩只说了三句话就无法继续下去了，连杰杰都比我强。这件事绝不能让别人知道。"

正在这时，一个男人走进了山屋。卢齐奥听到他稳重的步伐，以及登山包落在粗糙的木地板上发出的那种沉沉的声音。

"哦，你终于来了！"埃托莱走向他，"我还以为你在山上迷路了呢。""哦，那对于一位登山导游来说简直就是无法原谅的事故！"男人边笑边说道。

他的声音浑厚成熟却带着年轻人般的活力。卢齐奥想象着他应该和自己的姑姑年纪相仿。

"我这么晚才来是因为我在山谷里遇到了一群非常吵闹

的背包客。他们一直跟我聊个不停，还跟我说他们来过你的山屋。怎么样，他们没把你这小屋拆了吧？哈哈哈……"他边说边拍了拍埃托莱的肩膀。

埃托莱笑着摇了摇头说："快别拿我打趣了。"他转过身给大家介绍道："各位，这是提香，我的好朋友，他也会在山屋住一段时间。"

男人伸出手想和卢齐奥打个招呼，但他很快发现卢齐奥似乎对他的动作没有任何反应。他意识到了卢齐奥和其他孩子的不同，抬起的手停在半空中，脸也变得通红。为了消除这份尴尬，埃托莱赶紧插话道："明天，提香会带琪娅拉去爬山，我也很想加入，但每年这个时候山屋的客人都特别多，我实在腾不出身来。"

听了爷爷的话，女孩露出了一个苦笑的表情，实际上，她一点儿也不喜欢这个主意。她心里想："这么炎热的天气，我宁愿整天都待在木屋里擦杯子，也不愿意在崎岖的山路上像根被晒焦的香肠，满头大汗地走来走去！"

"这真是个不错的主意，你准备带她去哪儿啊？"彼娅看着提香问道。

"我们打算去恶魔峰。"

"那是个好地方。"埃托莱补充道。

"是的,那里风景非常优美,"提香接着说,"另外,我们还可以看到米斯特拉尔和莱万特的巢穴。"他看着琪娅拉说。

女孩皱了皱眉头:"他们是谁?"

"是一对老鹰夫妇。我们俩用两种风的名字给它们取了名字,埃托莱,我说得对吧?"

听到这儿,卢齐奥眼前一亮,立刻从长椅上直起身来。

"上次我去看他们的时候发现巢穴里多了一只小鹰,"提香双手抱在胸前说道,"那是一个胖乎乎的小家伙。"

"你有近距离看到过它吗?"男孩紧抿着嘴,好奇地问。

"没有,我没有近距离看过它。一般来说鹰会把巢筑在一块峭壁上,人很难爬上去的,但是我知道一个地方可以用望远镜观察那个小家伙,还不会惊扰到它的爸爸妈妈。"

这时,埃托莱将手轻轻放在椅背上,似乎突然想到了一个不错的主意:"彼娅,你和卢齐奥要不要跟他们一起去呢?"

"这个提议听起来很不错！"卢齐奥兴奋地表示。

然而，提香显然对这个提议感到有点儿措手不及："可是……这个……这条路非常具有挑战性。"他有些为难地挠了挠头，疑虑地看了卢齐奥一眼。

"我还从没去过恶魔峰呢。"彼娅高兴地接受了埃托莱的提议，并装作没注意到提香的犹豫，接着说道："如果路线不太危险的话，我们很愿意加入。"

"路上不会有太大的危险，"埃托莱想打消彼娅的疑虑，接着说，"况且，有提香在，大可放心……"

提香勉强地挤出了一丝微笑，心里感到有些为难。

埃托莱知道恶魔峰之行并不会像他所说的那么轻松，但他深信这次的冒险定会为每个人都带来不同寻常的收获。

第 四 章

在离木屋差不多一公里的森林里，有一条黑黢黢的山沟。黑暗中，一团篝火闪烁着微光，山毛榉树被当作柴火燃烧着，发出噼里啪啦的声响。

佩奇奥和葛拉科蜷缩在篝火旁。他们处处小心翼翼，以防被别人看到。

"还有多久才能到达那个该死的鹰巢？"佩奇奥皱着眉头问道。

"再走十分钟我们就可以到峭壁底下了。"他的同伴说话的声音非常低沉，像一只年老的乌鸦。"然后还得爬到峭壁最上面……"他接着说，话语里满是担忧，"我们爬上去至少得一个小时。"

"至少一个小时，嗯……"

"快睡吧，明天得早起。明天早上起来记得要把篝火的痕迹打扫干净。那些该死的森林宪兵[1]长了一百只眼睛，你知道吗？"葛拉科边说边躺了下去，"我迫不及待想把那只小鹰抓住，放进袋子里，然后快点儿把它卖掉换成钱。"

"这还不容易？手到擒来的事。"佩奇奥安慰着自己的同伴。

"你两个月前在西西里也是这样说的，结果我们险些被关进了监狱。"

"上次是因为那些爱多管闲事的浑蛋给我们设了个陷阱，这次肯定不会再发生了。"

"好吧，但愿如此。现在我们赶紧睡觉吧，该死的，否则明天我们可能连老鹰和鹌鹑都分不清了。"

夜里，卢齐奥躺在床上无法入眠。

---

[1]"森林宪兵"隶属于"森林宪兵队"。"森林宪兵队"是意大利国家宪兵队的一个专业部队，负责保护意大利森林和生态资源、打击农业食品领域相关非法活动，具有环境警察的职能。——译者注（本书注释如无特殊说明，均为译者注）

"你怎么了？"彼娅问他。

"没什么。"

姑姑坐到他身边想和他聊聊。"来吧，卢齐奥宝贝，我
了解你，你肯定有什么心事。你是在担忧明天我们去恶魔
峰的事吗？我们可以看到你一直想看的鹰巢，不是吗？"

卢齐奥没吭声。

"让我猜猜，你是因为不喜欢琪娅拉或者提香？"彼娅故意逗他。

"我知道，提香可能认为我会成为负担，他似乎不太愿意带我去。"卢齐奥终于说出内心的想法。

"别担心，你的能力定会让他刮目相看的。"姑姑早就准备好该如何安慰侄子，"那么琪娅拉呢？这么可爱漂亮的姑娘，为什么会让你如此紧张呢？哈哈哈。"

"她是很可爱，可是她只会用一两个词来打发我。"他叹了口气接着说，"嗯，可能只是因为她比较害羞吧。"其实男孩心里有别的想法："也许我自己也搞不懂为什么她不想搭理我。"只是他没把心里话告诉姑姑。

"别说这些了，要不我们来读睡前故事吧，怎么样？"彼娅提议。

"喔，这可是你今天说的最棒的一句话。"男孩高兴起来。

彼娅笑着站起来："那我们今天读……你喜欢哪本呢？"

"哪本？你带了多少本书啊？"

"你可以从《哈利·波特》和里戈尼·斯特恩[1]的书里面选一本。"

"哇！这可是两本完全不一样的书，怎么选呢……"卢齐奥想了想，"姑姑，你觉得呢？"

"我觉得要不我们先看里戈尼·斯特恩的书吧，毕竟我们现在在阿尔卑斯山，读他的作品会有身临其境的感觉。"

"但是，《哈利·波特》似乎更有吸引力，哈哈哈……"

"那要不这样，我们先读斯特恩的书，毕竟我们已经看了太多关于魔法的书了，读完要是还有时间我就再给你讲你最爱的小魔法师的故事……好不好？"

男孩点了点头。那些人与动物之间有趣的小故事安抚了他纷乱的思绪，山里的长途跋涉让他感到疲倦，就这样，他沉沉睡着了。

彼娅凝视着熟睡的男孩，轻轻地拍了拍他的头，深深叹了口气。

---

[1] 马里奥·里戈尼·斯特恩（Mario Rigoni Stern），意大利知名作家，以写作战争回忆录和自然文学闻名。他的写作风格简洁而富有诗意，被誉为"意大利自然文学的巅峰"。

这些年来，卢齐奥变得极为独立。他自己准备早饭，自己背书包上学，自己选择衣服。在家里，他自由自在地走来走去，蹦蹦跳跳。他甚至可以两级阶梯、两级阶梯地跳着下楼梯，当楼梯只剩下四级阶梯时他还可以像个体操运动员那样把脚并拢，猛地跳下去。彼娅有时会想，这孩子是不是太过于懂事了？但每次卢齐奥看到妈妈时，又变成了一个爱撒娇的小男孩。

卢齐奥非常喜欢运动，总是和他的朋友杰杰在一起玩。最近他开始学习网球，只学了几天他就已经打得很好了。他对彼娅说："这也太简单了，我只需听到球划过空气的声音，就知道它的位置了。"彼娅挠了挠头，心想："网球真的有他说的这么简单吗？"

在彼娅心目中，卢齐奥是个令人引以为傲的孩子，但她难免也有些担心他的未来。与同龄孩子一样，他正在慢慢脱离对家庭的依赖，成长为一名少年。未来，没有家人的呵护他必定会遭遇人们的各种偏见，这些过去未曾有的困难是否会伤到他，彼娅心中不禁感慨。

渐渐地，卢齐奥变得越来越好强。他一直认为失明只是一件微不足道的小事，然而现实却截然相反：人们往往会先注意到他与众不同的眼睛，然后才会认为他是个普通的少年。彼娅深深地察觉到这一点，因为卢齐奥变得越发不愿接受他人的援助，只是勉强容许姑姑在一些小事上帮助自己。

　　彼娅担忧着男孩的固执和过度的独立。独立虽然能促使他成长，但也可能会伤到他。到了九月份，卢齐奥就要上高中了。面对新的学校和陌生的同学，他是否能顺利融入陌生的环境？他下楼梯时是否会摔倒？彼娅心中充满了忧虑。他是否会在困难面前妥协？说到妥协，彼娅再次摇了摇头，她深知"妥协"这个词在少年的字典中似乎根本不存在。卢齐奥的好强或许是他的力量，但也可能成为他的羁绊。只有当他清楚地认识到这一点，或许他才能学会展翅飞翔。

　　想到这里，彼娅轻轻揉了揉眼睛，她也感觉到困意袭来。

第 五 章

卢齐奥突然从床上坐了起来。他大声呼唤着姑姑，但姑姑并没有回应，或许姑姑并不在身旁。他走出房间，但走廊似乎……明显和之前的不一样。周围没有了墙壁，这使得他无法判断走廊的情况，只能伸手去试探前方。他感觉自己好像正走在一条被荆棘包围的小路上，只得跌跌撞撞地向前移动。他的脚下突然生出了一些藤蔓，它们沿着他的小腿向上攀爬，就像要拖住他的身体。卢齐奥缓慢地前行着，周围的荆棘在向他不断逼近。突然，后面传来了轻轻的脚步声。他立刻加快了步伐。荆棘撕破了他的衣服，划伤了他的皮肤。他浑身充满了恐惧，用尽全力地向前走着，直到走出了这条布满荆棘的长廊。男孩定了定神，回头望去，周围的风正发出咝咝的响声。渐渐地，他觉得自己突然恢复了视觉，那些记忆中的影像仿佛又出现在眼前。又一次，他的眼睛里出现了那些生动而具体的画面。他意识到自己正位于悬崖前方的一片草坪上，悬崖下面是一个山谷，山谷里有一片茂密的森林。他转过身看了看自己刚刚走出的那片荆棘丛，觉得那脚步声越来越近，越来越清晰，他一步步往后退，直到已经退到了悬崖边。卢齐奥的心跳得快极了，他看见有个影子正在向他逼近，突然又停了下来。那是一个手里拿着一根白色棍子的男孩，卢齐奥用手摸了摸自己的脸，试图将自己的轮廓和眼前的男孩进行对比。天啊，自己和那个男孩简直像极了，他喘着粗气，慌乱地侧身转向悬崖。就在那一瞬间，一声鸟鸣响彻云霄，周围刮起了旋风，一只鹰扇动着一对大翅膀飞驰而来，似乎是想要鼓励他和自己一起飞翔。

"来吧，抓住我的爪子，我带你飞走！"

卢齐奥伸手去抓，但没能离开地面。"我做不到！"他大喊。"真的做不到！"他重复道。

彼娅突然醒了过来："你怎么了？发生了什么？"

此时卢齐奥坐在床上，汗水打湿了他的衣服。"没……没什么……我做了个噩梦。"他喘着气，还没从梦里回过神来。

姑姑走到他身边坐了下来，轻轻摸了摸他的头，安慰道："那么这次，你愿意告诉我，你梦到什么了吗？"

"不，我不想说。"卢齐奥重重地叹了口气，接着问姑姑，"现在几点了？"

"凌晨三点。"彼娅一边说，一边起身打开了衣柜，"我帮你拿一件衬衣换一下吧。"

卢齐奥深吸了口气，重新躺了下去。

"要是现在已经是第二天早上就好了。"他小声地嘟囔着。

小鹰被父母的动静吵醒了。鹰爸爸米斯特拉尔观察好了风向和风速，展开雄壮的翅膀，飞了起来。紧接着，鹰妈妈莱万特也飞离了巢穴。两只老鹰有力而从容地挥动翅膀，很快稳定了飞行的高度。一天的狩猎又开始了。

再吃几周新鲜的食物，小鹰就可以自己飞起来了。从

外表来看，它现在出落得几乎和父母一样了，只是个头还小了些。它的羽毛、眼睛和爪子逐渐褪去了幼鸟的特征，正在逐渐蜕变成一只雄鹰。

　　小鹰拍了拍翅膀，试着飞了两下，不过很快就跌落到了巢穴的边缘。一阵微风把夏天的花香和树脂的香气带到了它的身边，小鹰惬意地蜷起了身体，躺在巢穴里。山崖下不远的地方有一片茂密的灌木丛，小鹰敏锐的目光突然捕捉到了一只松鼠正从树枝这头跳到那头的身影。它站了起来，露出了捕食者那凶猛的本能，它想飞过去抓住那只小猎物。然而，小鹰最终还是努力把这种冲动压了回去，因为它的翅膀还无法带它飞起来。

就在小鹰准备缩回巢穴的时候，它又察觉到丛林中的另一个动静。它伸出小脑袋，好奇地想要看看发生了什么：在峭壁下的树丛间，似乎有什么东西在晃动。两个影子悄

悄地出现在丛林中，朝着悬崖的方向靠近。他们不断地抬头向上看，目光正好对准了鹰巢所在的位置。小鹰心里疑惑，这是什么奇怪的生物呢？他们两人长得很像，有两条腿，但没有翅膀，这是它从未见过的生物。

这两个奇怪的生物中的一个突然用金属做的什么东西敲了下峭壁，吓得小鹰不禁哆嗦了一下。

提香比其他人都早一步吃完早餐，在小屋外等待大家。他坐在一座由落叶松树干雕刻而成的喷泉旁边，凉爽的泉水流入池中，发出悦耳的声音。

当彼娅和孩子们从里面出来时，他露出了自己最甜的笑容，试图使自己看起来平静且充满信心。"你们准备好了吗？"

琪娅拉打着哈欠走了出来，卢齐奥跟在她后面。唯一看起来精力充沛的人是彼娅。

"准备好了！"彼娅代表大家回答。

"那就出发吧！"他向大家下达了指令，"如果正常的话，两个小时之后我们就能看到恶魔峰了。"

卢齐奥撇了撇嘴，他觉得提香说的"正常"这两个字似乎是在有意强调他的"特殊"。卢齐奥的不悦没能逃过提香的眼睛，他尴尬地咬了咬自己的舌头。

彼娅把丝巾的一头伸向男孩，丝巾轻轻地触碰到了他的左手。

"真的有必要这样做吗？"男孩低声问姑姑。

"是的，很有必要。"她坚定地回答道。

"哦，好的，太好了，看来你们已经想到了一个好办法。"提香看到卢齐奥把丝巾缠在手上，松了一口气。这次他小心翼翼地挑选着措辞，以免再次让男孩感到不快。

"是姑姑坚持要这么做。"男孩还是有些生气，"没有丝巾我也可以。"

彼娅耸了耸肩，希望提香不要介意，并示意他带大家出发。

卢齐奥跟在姑姑后面，每一步都走得很稳，而琪娅拉则懒洋洋地走在队伍的最后面。

小路径直通向山屋百米外的峭壁。来到峭壁跟前，小路突然来了个九十度大转弯，沿着一个杂草丛生的斜坡通向更高的地方。

"这里就是睡鼠谷。"提香边说边指着前面的一处山谷。大家停下了脚步，被眼前的景色迷住了。

"睡鼠谷？"卢齐奥好奇地问道。这也太巧了！姑姑从小给他起的外号就是"睡鼠"。她认为这个外号很适合他，因为他晚上睡觉就像一块石头，一动也不动，如果不做噩梦的话，他可以一直睡到天亮。事实上，彼娅给他取这个名字还有另一个她从未对卢齐奥解释过的原因，那就是她觉得侄子像睡鼠一样有着敏锐的感官，能在黑暗中前行。

"峡谷的名字来源于一个传说。"提香一边为大家解释一边开始带着大家往上爬，"据说，有一天，一只睡鼠被狼追赶，它跑啊跑啊，掉下了山谷，然后就飞了起来。"

"会飞的睡鼠？"琪娅拉大笑起来，她竭力想象出一个长得像松鼠一样的家伙在空中用力挥舞着自己的爪子，然后优雅、轻盈地降落在松树树梢上的情景。

"反正传说是这么说的！"提香补充道。

在徒步的过程中，提香不时用余光观察着彼娅和卢齐奥。他担心自己走得太快，于是总是放慢步伐，想与他们保持一致的步调。他始终弄不明白为什么这个男孩要和他们一同前往去看小鹰的巢穴，毕竟，他根本什么也看不到。

"就一颗钉子，你究竟要多久才能钉好啊？"葛拉科对着同伴嚷嚷起来。

"你再抱怨，我就把钉子钉你头上。"佩奇奥生气地回答。

佩奇奥是个攀岩高手，也是这次偷猎行动的主要策划者。凭借着发达的手部肌肉，他能够紧紧握住岩石凸起的地方。他非常专业，为了确保安全，每隔大约十米的距离他都会寻找岩石的缝隙，将长滚花钉插入其中，然后悬挂上弹簧钩。这样就能够稳稳地向上攀爬，即便在失足的情况下，坚固的钉子也能够使他挂在空中不会掉下来。

就在不远处，葛拉科像一根悬挂在空中的香肠。他对攀岩十分反感，就像佩奇奥不喜欢徒步一样。葛拉科紧张地瞥了一眼脚下的山谷，担心森林宪兵随时可能从丛林里冒出来。上次在西西里的失败教训还让他心有余悸。

实际上，几个月前，这两个偷猎者曾试图在西西里偷走博内利鹰的幼崽，结果却差点儿因此坐了牢。这种鹰被认为是欧洲最珍稀的猛禽之一。上次的偷猎行动是受到一个国际走私者的委托，这个走私者原本计划将小鹰卖到阿拉伯国家，满足一位酋长对鹰的喜好。然而，他们的计划并不顺利，还未下手，两名偷猎者就被鸟类爱好者协会的志愿者发现了。他们并不知道，志愿者们从这些小猛禽孵化的那一刻起，就一直默默地观察和保护着它们，直至它们能够完成第一次飞翔。志愿者们不仅及时报告了森林护卫队[1]，还用强大的长焦镜头记录下了偷猎者的行径。面临追捕，这两人只得迅速撤离现场，再一番乔装打扮后才勉强得以逃脱。

这次行动，是他们西西里大逃亡之后的首次尝试。

"我们快到达鸟巢了。"

"哦，天哪！"葛拉科仰望头顶从岩石边伸出的鸟巢，忍不住发出感叹，"这个鸟巢也太大了吧！"

---

[1] 森林护卫队，意大利国家林业总队的卫士，担负着监督、保护和开发国家林地和林业遗产的任务。它们是民间组织，但是也有制服。2018年被意大利国家森林宪兵队收编。

"但愿那两只老鹰没这么大，太可怕了。"佩奇奥回应着同伴，眼神紧紧盯着天空，"在两只老鹰捕猎回来之前，我们必须迅速将小鹰抓走！否则……我们就成为它们的猎物了。"

他们很清楚，老鹰为了保护巢穴而攻击偷猎者是再正常不过的行为。

佩奇奥在岩石上停下脚步，他正在寻找下一个合适的岩石缝隙。

"只需再找一个缝隙，插上一颗钉子，我们就能爬上去了。"

第 六 章

"我们在这里稍作休息吧。"提香向大家提议，然后在路边一棵孤零零的山毛榉树下停了下来。

"我一点儿也不觉得累。"卢齐奥迅速回应道。

"我倒是快累死了。"琪娅拉喘着气说道，"我得歇一歇。"说着，她就倒在草地上，仿佛那里就是一张舒适的床。

"我也得休息一下，我想脱下靴子放松一下我的脚。"彼娅说。这次她的脚上真的被磨出了几个大水泡。

男孩似乎是唯一感觉不到疲惫的人，他迫不及待地渴望抵达目的地，仿佛有一股非同寻常的力量在推动着他继续前进。这股力量源自他们身处的环境——阿尔卑斯山。

尽管他家乡的山脉也对他有着巨大的吸引力，但阿尔卑斯山对他而言是全新的世界。

作为亚平宁的孩子，卢齐奥深深热爱着大山。他喜欢村庄周围那些宁静的、翠绿的山丘。这些山丘总是充满生气，成为众多小动物的栖息地。对于卢齐奥而言，与狼群和鹿群一同分享山间蜿蜒的小径，是一种令人激动不已的体验。

多少次在夏天的时节里，他躺在屋后花园的大长椅上乘凉，突

然就听到了狼群的嚎叫。至少在那么一瞬间，那种古老而又神秘的声音能够暂时让夜晚的其他声音静默下来。他突然觉得自己就这样和大山融为了一体：夏日的微风扑面而来，大地的气息和味道被无限地延伸开来，一种前所未有的活力与愉悦让他近乎与自然同在，无所隐匿，只剩下最纯净的那种美妙的情感。

得知此行的目的地是阿尔卑斯山时，他曾以为那里的景色会与他熟悉的亚平宁的大山一样。然而，现在他意识到这里带给他的是完全不同的声音和气息，那些奇特而高耸的山峦将带给他从未体验过、征服过的快乐。

卢齐奥一路上表现出的灵活、敏捷让提香大为惊讶。他紧紧跟在彼娅的身后，牵着的丝巾却始终保持着松弛状

态。他没有给姑姑带来任何负担，当需要转弯时，丝巾会发出信号，他便轻松地随之转向。

在这段登山的过程中，感到最吃力的是琪娅拉。

彼娅和提香在树荫下查看着地图。卢齐奥轻轻地将登山杖插入地面，然后缓缓坐在女孩旁边。

"我感觉有两块砖头沉沉地挂在我的腿上。"她一边说着，一边按摩起自己的小腿来。

"你难道不习惯爬山吗？"男孩问道，"你不是和爷爷一起住在山上的小屋吗……"

"是的，但其实我家在城里，我只有在暑假的时候，才会来这边和爷爷待上一段时间。"

他在心里琢磨着"哈哈，她终于肯开始说话了"，然后打开了自己的背包。

"你饿了吗？要不要来块三明治？"

"其实，我只希望现在能坐上缆车……不过吃点儿东西也不错。我真笨，居然只带了点儿水来。"此刻，琪娅拉终于摆脱了她一直以来在陌生人面前的害羞。而这种害羞，通常只在她面对亲人之外的人时才会表现出来。她的父母一直不解为何她在家里总是那么活泼、开朗，而在其他人面前却变得那么内向、封闭。老师们也曾多次提醒她：如果她在学校一直保持这种状态，就很难交到朋友。实际上，并不是她不愿意交新朋友，而是每当她离开家，她就会感到缺乏安全感。

"我带了两个。"卢齐奥说着，拿出了两个锡纸包装的三明治，"这个里面有生火腿、马苏里拉奶酪和蘑菇；而另一个里面有香肠、干酪和淋过橄榄油的小番茄。你想吃哪一个？"

琪娅拉想都没想就说："我要那个有香肠的，谢谢。"

"给你。"男孩边说边把三明治递了过去。

琪娅拉不禁轻声惊叹起来。

还没等女孩开口，卢齐奥便问她："你一定很好奇我是怎么区分两块三明治的，对吧？"

"是……是的，我刚刚正想问你……"

"当然是通过气味啦！"

琪娅拉把三明治放在鼻子旁边，轻轻地嗅了嗅。直到离鼻孔只有一厘米的距离，她才闻到锡纸缝隙中飘出的香肠香气。

"昨天你是不是也是用这种方法分辨的糖袋？"她说话的语气变得轻松多了。

卢齐奥笑了笑，说道："不是的，哈哈。装蔗糖的小袋子会感觉更松软一些，摸起来会更舒服。哈哈，你想要喝点儿茶吗？"说着，他拿出了一个保温杯。

"嗯，谢谢。"她接过杯子，然后用手拨开了额头上的头发。

他开始将茶水倒入保温杯里。当茶水接近杯口，离杯口只有一根手指宽的距离时，男孩准确地停下了动作。

女孩再也按捺不住了，问道："这次你用的方法肯定不是区分气味了吧？要么你是靠运气，要么你就真是个魔术师！"

"嗯……哈哈，其实，这也有点儿技巧。"卢齐奥说着，也倒了一杯茶给自己。当茶水几乎要到杯口时，他再次准确地停下了动作："我能够知道茶快要满了，是因为重量有所不同。"琪娅拉瞪大了眼睛。

"其实经过一点儿小训练的话你也可以做到的。"他笑了起来。

"嗯，我不相信我可以，我想我会搞砸一切。在家里我能打翻任何东西。我觉得我妈会在厨房的门上挂一个小牌子，上面贴有我的证件照，还会写上：禁止入内！"

"她真会这样做吗？"卢齐奥大笑起来。

"现在还没有……但她迟早会这么做的。"女孩回答道，嘴里塞了一大口食物，"你经常和姑姑一起爬山吗？"

"是的，不过我觉得我们爬得太少了，我真的很喜欢爬山，因为我很喜欢动物，尤其是鸟类。"

"我从来没有见过鹰的巢穴。说实话，我甚至从未亲眼见过一只鹰。"

"昨天我听到了一只鹰的叫声。"卢齐奥说着，咬了一口三明治，"鹰的叫声和其他鸟类的不太一样。"

她笑了笑："对了，我爷爷告诉过我，你会模仿动物的叫声。"

卢齐奥昂起头，轻轻咳嗽了一下。"我也不能确定这样算不算会。"他谦虚地回答着，然后将两只手指放在嘴边发出了蟋蟀的声音。

"太神奇了！"她惊叹道，"简直太逼真了！"

不远处，彼娅和提香欣喜地注视着两个孩子。

"看样子，他们马上就要成为好朋友啦。"彼娅小声地说道，"卢齐奥一直都是个话痨，有时候还会对着松树说话呢。"

"他爬山可真厉害，"提香说，"对不起，我得为昨天的犹豫道歉，当时我不太想带你们来，因为……我对卢齐奥的情况感到有些担心……我不知道应该怎么做。"

彼娅耸了耸肩，安慰提香道："没关系，这很正常。我们对自己不了解的事情难免会有些担心。人们通常认为只有正常人才能享受世界带来的快乐，盲人则过着没有光明的、孤独的生活。但事实并非如此，至少大多数盲人并不是这样。"她看了看正在吃三明治的卢齐奥，注意到他吃东西的速度比平常慢了很多。她暗自想着，肯定是什么事情让男孩分了心，或者说是"某个人"。

彼娅接着对提香说："你看看卢齐奥，失明之后他不得不重新定义自己的存在，改变自己的思维方式，还要不断地想出新的策略来应对社会中的障碍，因为这个社会基本上是为那些能看见的人而设计的。但是，你知道吗，如果能像今天这样，孩子们彼此间无话不说，能彼此愉快地分享自己的故事，这些障碍也许就能够被消除。对于那些看不见的孩子来说，这就是希望之光。"

提香点了点头，他将目光投向了远处的山峰和树林，闭上了眼睛，深深地吸了一口山间清新的空气。

在此期间，两个孩子一直在愉快地聊天。卢齐奥显然是个出色的小伙伴，他的幽默和天真无邪打动了琪娅拉，也让琪娅拉渐渐地向他打开了心扉。她开始讲述自己的经历，那些她从未与其他同龄人分享过的故事。

接着，两个年轻人发现他们有许多共同的爱好。首先是文学，他们都喜欢《哈利·波特》的魔法世界。令人惊讶的是，除了《哈利·波特》，他们还都喜欢一些不那么出名的故事书。接下来是电影，他们都喜爱科幻片。卢齐奥甚至能熟练地背出《指环王》中的几段经典台词。在聊天的间隙，卢齐奥突然开始模仿电影里的一个角色"咕噜"的声音："宝贝儿……小鹰的巢穴……你在哪儿呀……我的宝贝儿。"然后又转过身，对着提香的方向说："可恶的精灵，让霍比特人琪娅拉长途跋涉，忍受炙烤的阳光。"他假装大声地咆哮着，用手掌遮挡住头顶想象中的太阳，逗得琪娅拉笑得眼泪都快流出来了。

就这样，在树荫下美美地休息了半小时后，提香带领大家继续前行。

"嘿，你还没告诉我你为什么这么喜欢鹰呢？"琪娅拉边走边问卢齐奥。

卢齐奥略微思索了一下，然后严肃地回答："可能是因为我经常梦到它们吧。"说着，他迅速赶走了脑海中那个不断浮现出来的噩梦。

第 七 章

那恐怖的金属敲击声越来越近，小鹰迅速躲进峭壁最隐蔽的角落。它察觉到危险正在向自己逼近。此刻，它依然还在犹豫是该向父母发出求救信号，还是顺从本能找个地方躲起来。它巴不得那两个生物没有看到它，或者他们不是在寻找自己。此时，它是如此希望他们能快点儿离开。

过了一会儿，小鹰看到一只手出现在离巢穴仅几步之遥的地方，吓得它的羽毛都颤抖起来。离巢穴不远处，有一个人正紧握岩角，探出头来。汗水湿透了他的脸，偷猎者那特有的眼神在他的脸上闪烁着。小鹰听到一个得意的笑声，那声音的主人说道："哼哼，这里就是我们要找的鹰巢！"

佩奇奥已经爬上了峭壁中间的一块石头，虽然这里非常狭窄，却是一个天然的平台。平台的一侧是老鹰的安家之处，而另一侧是一块相对开阔、平坦的空间。

葛拉科追上了他的伙伴，也爬到了岩石上。"喔，真是见鬼，"他大声喊起来，"这个巢比我们预想的要大得多。"

"两只老鹰今年才刚下的蛋，怎么就养出这么大一只幼崽。"佩奇奥说着，从背包里抽出了早就准备好的麻袋。

"小心点儿，"葛

拉科警告他，"这只小畜生可能已经会飞了。"

"让开，你别挡着我。"佩奇奥说着，小心翼翼地朝鹰巢中心逼近。

小鹰凝视着眼前这两个生物，眼中充满了恐惧。它终于下定决心向父母发出了求救声。

"闭嘴吧，小家伙，你也不想你的父母为你担心，对吧？"佩奇奥轻声说着，身体再次靠近，此时他距离"猎物"只有一步之遥。小鹰目睹这庞大的身影向自己扑来，本能地寻求着唯一的生路。它猛地一跃，翅膀振动，试图冲入峡谷……

在山崖的另一侧，米斯特拉尔和莱万特正乘着温暖的气流飞向更高的天空。它们在蓝天中盘旋，审视着地面上的一切动态。它们的视力极为敏锐，甚至能够辨认出一公里外的土拨鼠。

老鹰求偶的舞蹈常在春季上演。曾经，它们一同在云间翩翩起舞，展现出壮观的飞翔技巧——死亡螺旋、俯冲、空中交换猎物，这些高难度的动作对它们而言轻而易举。在这些浪漫的求偶技巧中，莱万特擅长空中翻滚，它能在空中转体滑翔，背朝大地，胸脯仰望苍穹；米斯特拉尔则高处盘旋，假装像抓猎物一样抓住莱万特，用爪子稳稳地握住它的爪子。它们在蓝天中畅快地交织，这种充满力量的博弈和羁绊将使它们的爱情持续绵长。

随着交配季节的到来，它们决定在领地内的几个巢穴中选择一个来孕育自己的幼崽。夫妻俩用新的树枝重新修补了巢穴。在"新家"布置完成之际，莱万特下了两颗蛋。然而，不幸的是，渡鸦在两只老鹰不在巢穴时趁机偷走了一个宝宝，这令它俩伤心不已。

如今，你只能在巢穴所在的岩石和悬崖边看到这对老鹰的飞翔表演，因为它们的当务之急是为孩子寻找食物。莱万特和米斯特拉尔选择了不同的方向，各自寻觅着猎物的踪迹。鹰爸爸的目标是峭壁后面的山脊，而鹰妈妈则瞄准了山谷底下的那片草地。

最糟糕的是，在这危急时刻，忙着捕猎的鹰爸爸和鹰妈妈却无法收到小鹰发出的求救信号，因为巢穴和那两个偷猎者位于恶魔峰的另一侧，正好处在它们的视线之外。

此刻，米斯特拉尔正优雅地滑过山脊，它瞥见山顶下方有一个身影正在从一块岩石跃向另一块。那是一只小羚羊——非常难得的猎物。它下定决心要试试看这次是否有机会能为孩子捕到一顿大餐。羚羊被誉为"悬崖上的杂技演员"，在峻峭的悬崖间行走时，它们表现得敏捷而灵活。不过，米斯特拉尔很有经验，它知道在捕捉羚羊时，峡谷往往会成为鹰的有利工具。很多年前，米斯特拉尔曾跟着父亲"风神"来到这片山崖，它们共同进行了一次狩猎。它目睹了父亲的雄风：陡然俯冲，稳稳地抓住一只成年羚羊的角。对于老鹰而言，羚羊是极具挑战性的猎物，因为它们太重，无法用爪子将其提起，也无法用尖利的嘴来制服它们。米斯特拉尔的父亲非常聪明，它知道羚羊在遭受突如其来的袭击后会陷入惶恐，快速逃跑，只需将其逼至悬崖边，稍稍用力一击，就能让它坠入悬崖。就这样，在那次狩猎中，这只羚羊从两百米的高空中掉了下去，最终撞死在一块岩石上。米斯特拉尔和父亲随后慢慢落在猎物旁，最终享受到了胜利的果实。

这一次轮到米斯特拉尔为自己的孩子捕捉猎物了。那个在峭壁上欢蹦乱跳的小生物原本应该成为小鹰的盛宴，让它几日无需为觅食而烦恼。然而，这只小羚羊却察觉到了潜在的威胁，发出了一声尖叫。很快，羚羊妈妈从隐蔽的岩缝中现身，用它那弯曲的羊角毫不畏惧地对准了眼前的敌人。米斯特拉尔决心一试，它迅速接近小羚羊，伸出爪子试图进行攻击。然而，母羚羊毫不示弱，用自己锋利的角进行了反击。几个回合过后，米斯特拉尔感到自己的翅膀几乎要支撑不住了。它快速地朝着另一侧的悬崖飞去，在山坡上盘旋了一大圈后准备再次尝试，可此刻羚羊妈妈和它的孩子已经逃到了一个安全的高地，躲到了一群羚羊的中间，米斯特拉尔再也无法下手。就这样，米斯特拉尔只好不情愿地接受了这次捕猎的失败。它飞回了高空，准备再去寻找那些更容易捕到的猎物。

就在这时，它听到了一声稚嫩的鹰唳，仿佛是自己的孩子的声音。

另一边，鹰妈妈莱万特捕猎的目标则是一群土拨鼠。它轻盈地飞越草坡，试图不引起土拨鼠哨兵的警觉。然而，不出所料，土拨鼠发现了它。土拨鼠是非常团结又机警的群居动物，它们绝不会松懈。即使整个群体正在进食也总会有一两只保持警戒，时刻警惕着来自天空或地面的捕食者。

看到它的出现，土拨鼠哨兵发出了一系列不那么紧急的信号，警示其他的土拨鼠有敌人出现。在土拨鼠的情报传递系统中，这个信号意味着：发现潜在威胁，距离尚远。对此早有准备的莱万特于是开始做出虚张声势的样子，表现出对它们毫无兴趣的样子。只见它逐渐飞远，消失在一个山峰的背后，好让土拨鼠们放松警惕。然而，在绕过山脊之后，莱万特就迅速回到了山的另一侧。它以极快的速度沿着草地滑行，掠过草甸和坚硬的石头，就像一架为了不被敌军雷达检测到而贴近地面飞行的战机。这个动作极其危险，却能出其不意地抓住猎物。

一名土拨鼠哨兵正在警戒值守，它环视四周，迅速地眨着眼睛。第六感告诉它，有一种无形的威胁正在逼近。它终于察觉到了一只鹰正用导弹般的速度直直地冲向自己的同伴，于是迅速发出了一系列紧急信号：危险来临，快跑！土拨鼠群体瞬间陷入混乱，三十多只土拨鼠立刻拔腿就跑，如闪电一般迅疾逃回洞穴。莱万特见状及时转变了策略，俯冲而下，直奔仍在岩石上放哨的土拨鼠。它展开翅膀，爪子前倾，急速靠近猎物。哨兵土拨鼠被吓得发出了一声尖叫，匆忙逃进洞穴，避过了一劫。

莱万特扑了个空，翅膀上的一簇羽毛在空中散落开来。

鹰妈妈捕猎失败，它泄气地停靠在一块岩石上，如同一名刚遭遇海难的幸存者依在一块礁石上。山里的微风起伏，疲惫的身体让它意识到需要恢复体力再思考接下来该怎么办。

此时，它抬头看到伴侣从前方山脊的背后飞了过来。

它也听到了来自自家孩子的求救声。

第八章

小鹰拼尽全力，试图跃入峡谷，寻找生路。然而，佩奇奥却紧紧抓住了它的一条腿。小鹰不安地挣扎着，掉落了很多细细软软的羽毛。

葛拉科兴奋不已，佩奇奥则骂骂咧咧的，担心小鹰另一只爪子会挠到自己。小鹰又发出了一声凄惨的鸣叫，声音充满了无助和绝望。

"真该死，你还不快来帮我一把！"

葛拉科赶紧脱下自己的毛衣将它裹在小鹰身上，想要遮住小鹰的双眼同时捆住它的翅膀。趁他不注意，小鹰狠狠地在他手上啄了一下，疼得他不禁谩骂起来。要不是想着这只小鹰能卖上个几千欧元，他早就拿腰上别着的那把锋利的小刀结束了它的性命。

葛拉科用力按住小鹰的头，佩奇奥则从口袋里掏出一卷胶带，紧紧地缠住了小鹰的嘴。

"不要把鼻孔也缠上了，闷死的鹰谁要啊？"

"我又不是傻瓜。"佩奇奥生气地反驳道。

他们迅速绑好了小鹰的爪子，然后将它随意地塞进了麻袋里。

"我们必须动作快点儿。"葛拉科重新穿上毛衣，焦虑地望了一眼天空。他想起自己头上的那道深深的伤疤，那是几年前他偷盗兰纳隼[1]幼崽被发现后，母隼的爪子在他发际线上方划出的一道大口子。连隼的爪子都叫他不寒而栗，更不用想象一只老鹰的爪子会在他头顶绣出多么美丽的图案来。

听到小鹰绝望的呼喊声，米斯特拉尔和莱万特奋力朝着巢穴飞去。

然而，正当它们冲向巢穴之际，两个偷猎者已匆匆逃

---

[1] 兰纳隼，常见于地中海地区，体形比游隼小一些。游隼的体形约45厘米。

离。他们巧妙地利用下降器[1]，以跳跃的方式迅速从峭壁上下降。

莱万特远远地就看到巢穴里已经没有了孩子的身影，而峭壁下方两个偷猎者正在逃跑。它收起翅膀，急速俯冲而下，并发出了一声高亢的鹰唳。

两名偷猎者此时还未完全触地，鹰妈妈就发起了猛烈的攻击。葛拉科被迫转过身来，以迎接这突如其来的进攻。他屈身躲闪，试图减轻受到的伤害，同时用一柄锋利的长柄小刀，精准地插入鹰妈妈的翅膀，削去了它的两根羽毛。受伤的鹰妈妈狼狈地从岩壁边坠落，连续翻滚了几圈才勉强稳住了身体。它努力收起双腿，勉强再次飞翔，但伤势导致它磕磕碰碰，难以保持稳定的高度。

佩奇奥趁势跃入茂密的树林，葛拉科紧随其后。两人紧紧护住头部，拼命逃窜。米斯特拉尔也开始发动攻击，但为时已晚。茂密的灌木丛为小偷们提供了极佳的掩护，让它无从下手。

---

[1] 下降器，一种附在绳索上的装置，能控制下降速度。

"我们接下来该怎么办呢？"佩奇奥深吸了一口气，"那些峭壁上的工具我们就这么扔在那里了吗？"

"你没看到那两只凶恶的大鸟还在上空盘旋着吗？我可不会离开树丛回去取。"葛拉科大声地说着，目光机警地望向灌木丛外不远处的峭壁。

"真是倒霉！绳索和下降器可都是我新买的。"佩奇奥不停地嘟囔着，眼睛还死死地紧盯着峭壁的方向，他不舍得放弃自己的新装备。

"你这个笨蛋，这只小鹰可以给我们换来黄金，你懂吗？"葛拉科嘴角嘲讽地弯起，他摸了摸腰带上别着的那把小刀，大声命令同伴，"赶紧走吧，别等这些该死的鸟儿把全世界的森林宪兵都招来！"

"大家加油啊！我们快到了！"提香攀登上了小路边一块方形的岩石。从下面往上看，他十分高大挺拔，就像米开朗琪罗刻笔下的一座雕塑。众人紧随其后，努力地爬了上去。

琪娅拉的脸上写满了情绪，大声地说："啊呀，这座山不适合我！"她大声喘着气，擦了擦额头上的汗水："卢齐奥，抱歉啊，我现在像只骆驼一样在冒汗，你那灵敏的鼻子可能马上就会闻出我累得不轻了。"

"骆驼是不会出汗的。"男孩笑着回答。

"不，要是它们像我们这样爬上这么高的地方，肯定也会出汗，我确定。"

"我们真的快要到了吗？"彼娅弯着腰，大口喘着气，双手撑在膝盖上问提香。

"相信我，这是这条路的最后一个弯了。"提香指着前方的山路说道，"过了这段路，用不了多久，路就会变得又宽又平坦。我们将穿越一片落叶松林，树林的边缘紧挨着山崖，崖边有块平坦的小草坪，那就是我们此行的目的地。站在那里俯瞰对面的恶魔峰，你们就能望见鹰巢。"

就在这时，大家听到山里传来一声鹰唳。

"你听到了吗？米斯特拉尔和莱万特也在给你加油打气呢。"提香笑着对卢齐奥说。

男孩突然愣了一下：平坦的草坪，老鹰的鸣叫……这些景象似乎曾在他的噩梦中反复出现。他摇了摇头，努力驱散这些念头，他一点儿都不想破坏眼前的气氛。

大家继续走着，卢齐奥感觉到脚下的小径似乎平坦了许多，没多久，一行人就进入了一片落叶松林。树荫给他们送来了清凉，山间的微风徐徐地吹来，大家瞬间都恢复了体力。

"小鹰什么时候才会飞啊？"琪娅拉的疲态仿佛一扫而光。

"快了，"提香一边回答，一边掰着手指数了数，"也就几天的事儿。"

卢齐奥接着问："你给它起名字了吗？"

提香点了点头："没错，我给它取了个名字，叫作'泽菲洛'，也是一种风的名字。毕竟它还只是只年幼的鹰，用柔和的'微风'来命名再合适不过了。"

与此同时，大家突然听到一阵咕咕的叫响。

"那声音不像是老鹰的。"彼娅说。

"没错，除非它刚吞下了一只癞蛤蟆。"提香回应。

琪娅拉和卢齐奥都大笑了起来。

"那肯定是一只乌鸦，姑姑。"卢齐奥非常坚定地表达了自己的判断。

"一只渡鸦，"提香纠正道，他抬眼望向天空，继续为大家解释，"它是鸦科动物中最大、最强壮的一种，同时也是老鹰的头号劲敌。"

"真的吗？"

"是的，你们可能不知道，我好几次看到它们在高空中搏斗的情景，那场面真的太激烈了。"

"渡鸦肯定不是老鹰的对手。"琪娅拉插了一句。

"错了。实际上，大多数时候老鹰都会选择主动撤退。渡鸦可是相当厉害的生物，它们常常会偷袭鹰巢，吃掉老鹰的蛋或者雏鹰。"提香解释道。

他正说着，突然停了下来，目的地就在眼前。

"我们终于到了，快去崖边的那块小草坪，从那里就可以俯瞰整个山谷。"

卢齐奥加快了脚步，内心急切地盼望能早点儿见到小鹰。但他不得不稍稍放慢脚步，重新调整丝巾的张力。终于，他们来到了一片绿茵茵的草地上。男孩感受着幽深的山谷，清新的空气钻入鼻孔，涌入肺腑，带来一种浩瀚无垠的轻盈感。他深吸一口气，再让这股气从心底涌出，悄然净化了内心深处的杂念。男孩的味蕾仿佛汲取了大地和天空的气息，他贪婪地品味着这份味道。在这广袤无垠的空间中，他的小腿忽然感到一阵莫名的痒意，将他的思绪唤回到眼前的草坪上。原来，是微风轻拂草叶，调皮的小草正轻抚着他裸露的小腿。

"这里就是恶魔峰了，"提香指着前面的山峰说，"老鹰的巢穴就在那里。"

"天啊，这个巢穴也太大了吧，"琪娅拉惊讶不已，"快来，这边也可以看到。"

"这个巢穴足有两米多宽呢。"提香一边说一边拉开背包一侧的拉链，拿出了一个双筒望远镜。

"它们会衔些树枝来筑巢的，是这样吗？"卢齐奥问道。

"没错，就像麻雀会衔些草秆来建自己的房子那样，鸟类的巢穴一般都很精致……"提香突然不再说话，神情变得严肃起来。他双手抬起望远镜，仔细观察起鹰巢来。

"怎么了？"彼娅问。

"奇怪，巢里怎么没有小鹰？！"

琪娅拉向前走了一步，靠近提香，着急地问他："怎么会没有呢？"

"是不是它会飞了，已经飞走了？"卢齐奥感到很惋惜，他觉得自己大概是没有机会看到小鹰了。

提香觉得事情不对劲，因为他在镜头里看到峭壁上挂了一根绳索，此刻正随着山风微微地摇晃着。

"不可能！"他喊道。

"怎么了？"彼娅也感到事情不妙，卢齐奥则紧紧抓住姑姑的手臂。

"是偷猎者，他们抓走了小鹰。"男人咬牙切齿地说道，"我早就知道他们迟早会来这里的。"

"究竟怎么回事，提香？"琪娅拉非常着急。

"我看到有根绳子吊在巢穴外面，"提香小声说着，把望远镜递给了旁边的彼娅，"有偷猎者爬上巢穴，抓走了小鹰。"

"他们究竟对小鹰做了什么？"彼娅也看到了空空的巢穴和那根诡异的绳索。

提香非常气愤，他紧紧地皱着眉。"这是猛禽贩卖，那

些喜欢豢养鹰的人总是肆无忌惮地做这种违法的勾当，真是太气人了。"他回答彼娅后拿起手机，给一个朋友打了一个电话。这位朋友是森林宪兵队的督察[1]，提香向他简要地叙述了情况，然后对大家说："我确信偷猎者还没有走远，因为昨晚一个森林宪兵刚来过这里并检查了巢穴，那时小鹰还在。"

彼娅双手叉着腰继续问道："现在我们还有办法抓住他们吗？"

"希望能快点儿抓住这些坏家伙，"提香咬紧了牙齿，脸上充满了愤怒，"森林宪兵会立刻在通往山谷外的公路上设置路障，大力搜捕他们。"

卢齐奥深吸了一口气，他现在非常担心小鹰的命运。

"我不知道这里竟然还有偷猎者，"彼娅捏紧了拳头，"他们真是太坏了！"

"嘘，大家别说话。"卢齐奥突然打断了大家。

琪娅拉吓了一跳，问道："怎么了？"

---

[1] 督察，意大利宪兵的一个职级，负责带领及指挥一个小队。

"嘘，你们有没有听到？"

"听到什么？"

"那是老鹰的叫声，应该是……有两只老鹰。"

其他几人相互对视，耳边只有呼啸的风声、树叶轻轻落下的声响，还有树枝上小鸟啁啾的鸣叫。

"我没听到，你确定吗？"提香问。

卢齐奥点了点头："确定。"

"我们先往回走吧，崖边比较危险。"提香建议道。

他们穿过那片树林，树叶的沙沙声逐渐远去。

这时，提香终于听到了老鹰的叫声。"你说得对，那是老鹰的声音！"他用肉眼仔细搜索着天空，"但是它们距离我们还很远，我看不清它们。"

"我现在也听到了，"琪娅拉也说，"叫声是从那个方向传来的。"她指着西边的一座山峦。

"没错，正是从那座山传过来的。"提香很确定自己的判断，他立刻拿起望远镜望向那个方向。

叫声逐渐变得急促起来。

卢齐奥慢慢转向另一边，然后准确地指了一个位置说：

"我肯定它们就在那儿！"

其他人惊讶地望着男孩所指的方向，那与大家之前判断的方向截然相反。

"但是叫声似乎不是从那儿传来的。"琪娅拉不太相信男孩，她提出了自己的疑问。

"回声是不会欺骗人的。"卢齐奥自信地说。

"卢齐奥是对的，"提香透过望远镜发现了目标，"它们就在那儿！我看到一对老鹰一会儿从空中俯冲下去，一会儿又飞上去，它们就在那一块很小的区域里盘旋，就在那片灌木丛的上面。"

"那么，它们是在……追赶偷猎者

吗？"彼娅不太确定自己的想法。

"我再仔细观察一下，"提香透过望远镜，持续关注着那两只老鹰，"它们可能已经发现了窃贼，因为可以看出来它们现在攻击性非常强，应该还在等待合适的时机。"

他一边抚摸着下巴一边认真思索着："如果偷猎者要穿越下面那片灌木丛，那就意味着他们一定会出现在我们附近的山谷里。如果他们沿着公路走，公路那么长，他们也可能会设法绕过路障。但愿我们能够及时阻止他们。"

他拿起手机，再次联系了那位森林宪兵督察。

第九章

小鹰的世界变得一片漆黑。

泽菲洛像马铃薯一样被塞进麻袋里。佩奇奥将麻袋扛在肩上，每走一步，袋子都颠簸不已。小鹰的爪子和嘴都被胶带缠了起来，翅膀也被麻绳紧紧地束住。粗糙的布料刺激着它的眼睛，在这可怕的环境中，它锐利的目光毫无用处。小鹰的心脏急剧跳动着，浑身充满了恐惧，它思考着世界上究竟有哪种生物敢贸然攀爬悬崖，挑战老鹰的威严？

就在两名偷猎者从峭壁爬下来的时候，小鹰终于听见了父母撕心裂肺的呼唤。"爸爸妈妈来救我了！"它深信父母肯定能够拯救自己，因为没有任何力量可以挡住老鹰俯冲而下的威力以及那能够撕碎一切的利爪。

但是这次它错了。

两名偷猎者慌乱地爬下峭壁，小鹰听到母亲呼唤自己和痛苦的鸣叫，它知道母亲就在身边却无法做出回应。过了一会儿，它又听到什么东西从岩石上跌落了下来，它还不知道那是母亲的翅膀被坏人用刀戳坏了，滚落了下来。

随后，它察觉到偷猎者开始狂奔，但很快又停了下来。在黑暗中，泽菲洛恐惧地听着两人的交谈。此刻，它已经听不太清楚父母对它的呼唤，因为它已经被带到了灌木丛深处。

偷猎者又开始继续前行。每迈出一步，泽菲洛就会从佩奇奥的背上弹起来又落下去。它不仅感受到了佩奇奥背上那让人难受的热度，还嗅到了他令人窒息的汗臭味。小鹰充满了恐惧，它聆听着远处父母痛苦的呼唤和人类嘈杂的交谈，害怕得紧闭上双眼。渐渐地，它脑海中的一切开始模糊，体力逐渐流失，心脏似乎马上就要停止跳动。在这最苦难的时刻，唯一支撑着它活下去的，是母亲那深情的呼唤。母亲的声音如同暴风雨中的一丝细线，泽菲洛牢牢抓住这脆弱的希望，不让自己彻底沉入死寂的黑暗之中。

穿过一片灌木丛，佩奇奥和葛拉科来到一个陡峭的山口。

他们停了下来，上气不接下气。

"那小畜生还活着吧？"葛拉科问。

佩奇奥捏了捏麻袋，小鹰挣扎了一下。

"还活着呢。"他喘着粗气继续说，"不过，要是再接着跑下去，我可就要死了。"

葛拉科没有理会他。

"要是照我之前说的那样直接把车停在这里，我们现在早就已经到了。"佩奇奥苦恼地看了看眼前必须翻过去的那个大坡，无奈地拿出水壶，给自己灌了满满一大口。

灌木丛上空，鹰爸爸和鹰妈妈依然在不停歇地盘旋着，它们发出的叫声哀怨凄切，却无法改变小鹰的命运。

突然，偷猎者身后的树林传来了阵阵脚步声。他们吓得急忙蹲下，试图隐蔽起来。

"希望只是些来爬山的游客。"佩奇奥小声地说。

片刻后，树林深处距离他们大约一百米的地方，两个穿着制服的森林宪兵走了出来。

"该死！"葛拉科低声咒骂，双手紧握，祈祷他们别靠近，"别过来，别过来，千万别过来！"

佩奇奥和葛拉科闪电般钻入一条小径，就像两只看见猫的老鼠。只要穿过这片树林，就能抵达他们之前停车的地方。

一名宪兵在树林里隐约看见了他们逃跑的身影。

"站住！"他大声喊道，紧接着就追了上去。"就是他们，快追！"他向身后的同事大声呼喊道。

宪兵们开始奋力追击。两名偷猎者没命地逃窜，很快就把宪兵甩在了身后。

这边，森林宪兵们不得不小心前进，不仅要防备偷猎者的突然伏击，还要判断他们是否放弃了山路，躲进了树林里。

佩奇奥和葛拉科穿过树林，终于来到了山口，然后窜入了峡谷中一条狭窄的小路。

"我们还是躲回灌木丛里吧，"佩奇奥已经筋疲力尽，他乞求同伴道，"我真的跑不动了。"

"快别说这种丧气话，现在放弃就完蛋了。从这里到停车的地方都是下坡路，快走。"葛拉科一边跑一边拽着同伴，"很快这个山谷里就会布满宪兵，如果我们不逃就是死路一条。"

小路逐渐变得宽敞起来，也不再似之前那样陡峭。俩人看见了他们前一天停在山路旁的吉普车，终于松了口气。车子还是像他们离开时的那样，车头朝着山谷的方向，以方便逃跑。他们以飞一般的速度冲到了车旁。葛拉科迅速跳上驾驶座，瞥了一眼后视镜，确认没有人追来，立刻点燃了引擎。

然而，森林宪兵们正紧追不舍。

"快走，要是被他们记住车牌号我们就完蛋了。"

佩奇奥打开后备厢，把装着小鹰的麻袋扔了进去。这时，他们突然听到了山谷中传来汽车行驶的声音。一辆越野车正从山路上飞速向他们驶来。

"不好，完蛋了！"葛拉科立刻认出了属于森林宪兵队的车的颜色和车型。

两个偷猎者被包围了。

他们现在只剩下一条出路。两个人没有商量，佩奇奥就从后备厢拿出了装着小鹰的麻袋，立刻钻入了路边的树林里。往里走了二十来米后，他把麻袋扔到地上，接着拿出一把小刀，割开了系住麻袋的绳子。突然出现的阳光照得泽菲洛睁不开眼。接下来，他用小刀割断了小鹰嘴上和爪子上的胶带，并将束缚它的翅膀的麻绳也松开来。佩奇奥气急败坏，他很想给泽菲洛的脖子也来上一刀，但是为了不留下证据，他选择了让小鹰活下去。他知道如果一刀下去，这么短的时间里是无法处理好它的尸体的，而这将成为他们的罪证。

重见天日的泽菲洛完全没有反应过来，它感到自己被用力抓着向上抛了出去。

"飞吧，你这个幸运的小崽子！"佩奇奥觉得自己的心都在流血，费尽千辛万苦才抓到的猎物，却不得不放手。可是他无可奈何，因为一旦森林宪兵在他们的手里发现了小鹰，他们就会被定罪。

泽菲洛拍动了两下翅膀，重重地跌落在地上。

佩奇奥迅速跑向小鹰，变得更加怒气冲冲。他一脚将泽菲洛踢到了一边。

小鹰稳住了身形，小心地跨出几步。它不知所措地拍打了几下翅膀，努力在树林中试着飞翔起来。然而，可惜的是，最终它还是笨拙地坠入了灌木丛中，仿佛一架被击落的飞机。它四处张望着，内心充满了恐惧和困惑。虽然它仍然能够听到父母的呼唤声，但距离实在太远了。

"你竟然还不会飞，没用的小畜生。希望那群浑蛋永远找不到你！"佩奇奥往地上啐了一口，然后决定原路返回去找他的同伴。他捡起地上的麻袋，把它折好塞进了外套口袋里，最后装作若无其事的样子走出了树林。

就在这时，两名森林宪兵也终于追了上来。他们太累了，但好在成功堵住了这两个家伙。佩奇奥走向汽车，假装整理着裤子拉链，好像他只是在树林里方便了一下；葛拉科则假装在整理车后备厢的背包，他偷偷瞟了一眼佩奇奥，后者微微点头，示意一切已经妥当。

森林宪兵队的车此时也停在了路边。车门打开，提香的朋友——森林宪兵队督察从车里走了出来。

"早上好啊，先生们，"他的声音平和而坚定，"你们的山林探险即将结束，请出示你们的证件。"

"我们不明白，长官，"葛拉科说，"我们是犯了什么事吗？"

"准确地说，我是森林宪兵队的督察。"督察径直走向葛拉科，"你们别再装了，坦白告诉我，那只小鹰在哪儿？"

"什么小鹰？"葛拉科装作一脸疑惑，"我们只是来采蘑菇的游客。"

"那你们刚刚为什么逃跑？"一名森林宪兵用袖子擦了擦额头的汗水，追问道。

"我们根本没有逃跑啊！您确定是在追我们吗？"葛拉科故意皱起眉头，试图反驳。

督察的脸色变得非常严肃，他紧握拳头，努力保持冷静。现在还不是收拾这两个坏蛋的时候，因为当务之急是找到小鹰。

显然，这两个家伙并非第一次干这种事，他们之所以如此大胆，是因为追捕他们的森林宪兵没有目睹他们犯罪的全过程。

"搜车！"督察下令，声音坚定。

"你们有什么权利搜我们的车？"葛拉科站在紧闭的后备厢前，不满地提出抗议。

宪兵们向前迈出一步，态度严肃地警告："我劝你们最好配合我们。"

"让他们搜吧！"佩奇奥一边说着，一边轻轻拉了一下同伴的胳膊，将他从车前拉开。"反正我们没有什么可藏的。"他补充道，接着主动打开了后备厢。

森林宪兵彻底地搜查了整辆车，但是一无所获。

"什么都没有发现。"他们失望地宣布。

督察目光严肃地扫视了一圈树林，然后说道："他们肯定把小鹰藏进了树林里，你们进去找，我留下看守这两个'采蘑菇'的人。"他的眼神紧紧盯着他们，严厉地警告道："我希望你们最好没有伤害它！"

与此同时，泽菲洛正尝试着从灌木丛的枝丫里挣脱出来。它用尽身上最后一点儿力气，发出了一声微弱的呼喊，希望它的父母能够听到。

"你们听到声音了吗？"进入树林搜查的一名森林宪

兵突然停下脚步，注意到了什么，"声音从那个方向传来……"

那名森林宪兵专注地盯着灌木丛，仔细地搜索着，最终发现了泽菲洛。他小心翼翼地走过去，并在同事的帮助下成功把小鹰从荆棘里解救了出来。

泽菲洛太虚弱了以至于完全没法反抗，任由自己无助

地被带走。

几名森林宪兵高兴地走出树林，大声地报告着："报告长官，我们找到它了。看起来没受伤。"

"太好了！"督察欣喜地看着小鹰。

一看到小鹰，佩奇奥的脸色顿时变得苍白。

不过葛拉科却一副镇定自若的样子。"哇！你们居然在树林里找到了一只老鹰。"他故意惊讶地说道，"它肯定是从附近的巢穴掉下来的。"说着，他还抬起胳膊，用手遮挡阳光，四处张望树梢，假装在寻找老鹰的巢穴。

葛拉科偷偷地笑着，心里暗道："我成功地骗过了他们，现在他们根本没有任何证据来指认我们。"

佩奇奥也窃笑起来，他由衷地赞叹着伙伴的聪明才智。

"所以你的意思是，这只小鹰是自己从附近的巢穴里掉下来的？"督察平静地问道。他走近葛拉科，伸出一只手，用两根手指夹住从他的毛衣袖子里钻出来的一缕毛茸茸的东西。葛拉科身上这件毛衣正是之前在巢穴里他们用来捆住泽菲洛的那件。

一根鹰羽从羊毛衫里飞了出来。

他拿起羽毛在两个偷猎者眼前晃动着。

"我想知道，你们俩是否也像那只小鹰一样，从同一个巢穴里跌了下来？"他戏谑地说道。

第 十 章

当提香领着一行人回到山屋时，已是傍晚时分。

琪娅拉的爷爷坐在一张冷杉木制成的凳子上等候着他们。他钟情于屋顶下的那片荫凉地带，背靠着石墙，任山风吹拂着脸颊。傍晚的空气微凉，山屋泥土砌成的那堵墙经过一整天的阳光浸润，依然散发着暖意。老人倚靠着墙坐着，背上也暖暖的。埃托莱看见孙女向他跑来，不由得笑了起来。

"爷爷，爷爷，你一定猜不到今天发生了什么！"琪娅拉激动地喊着。

"可惜，我早就知道了，亲爱的。山里的事传得很快，就像风一样。"他合上手中的书，回答孙女，"我为小鹰的遭遇感到心痛，希望他们能快点儿将那些坏蛋绳之以法。"

"你肯定想知道细节对不对！"琪娅拉激动地继续喊着，想马上把自己知道的一切都告诉爷爷。她兴奋地比出了一个胜利的手势，然后说："森林宪兵已经抓住那两个坏人了。"

"泽菲洛也已经找到了。"一旁的卢齐奥补充道。此刻他已经松开了姑姑的丝巾，站在了琪娅拉的身旁。

"哦，我说的是那只被绑架的小鹰，它叫泽菲洛。"

埃托莱站起身，望向站在孩子们身后不远处的提香。提香笑着点了点头。

"没错，我的朋友刚给我打电话说他们已经抓住了那两个偷猎者，"提香说着，将背包轻轻放在地上，"不过，要不是卢齐奥，他们或许早就溜之大吉了。"

埃托莱眨了眨眼睛："是真的吗？"

"我也没做什么……"男孩害羞地微微低下了头。

"没做什么？"琪娅拉双手叉腰说，"爷爷，你知道吗？他只用耳朵听了一下就发现了被盗走的小鹰所处的方向。你姑姑说得对——你真的拥有超能力！"

听到女孩的话，卢齐奥挺了挺腰板，他突然不好意思地感到有些自豪。

"我明白了，哈哈哈，来来来，今天必须奖励你们双份蛋糕。"埃托莱说，"我们进屋吧，快给我详细地讲一讲整个事情的经过。"

接下来的半个小时，山屋宽敞的大厅里充满了琪娅拉和卢齐奥的欢声笑语。他们围坐在一张桌子旁，一边品尝着美味的蛋糕，啜饮着牛奶，一边向埃托莱生动地讲述着今天所发生的一切。埃托莱全神贯注地聆听着两个孩子的讲述，脸上洋溢着幸福的笑容。他从未见过孙女如此开心，如此善于表达。

提香又接到了一个电话，他在山屋外面说了好一会儿。

"还是我朋友打来的。"他走进来告诉大家，"他们发现那两个家伙在西西里也因为偷猎而被抓过。现在他们已经走投无路了，想和警方合作。"他小声说道："不过，这可是最高机密，你们暂时不要告诉别人。"

"他们想如何合作呢？"彼娅坐在咖啡桌前，肩膀靠着壁炉的横梁，缓缓地问提香。

提香给自己倒了一杯茶，也递给了彼娅一杯，解释说：
"他们供出了幕后主使，希望能够减轻刑罚。"

"或许这次可以彻底打掉这个可恶的猛禽交易团伙！你们根本无法想象每年有多少鸟巢被这些坏人洗劫一空。偷盗野生动物的行为造成的损失难以估量，严重影响了那些濒临灭绝的物种。因为越是稀有的动物，价格就越高。"

卢齐奥把胳膊杵在桌上继续问："那泽菲洛呢？它现在在哪？"

"对啊，泽菲洛在哪呢？"琪娅拉也想知道。

"森林宪兵把它带到了村里的兽医诊所。幸运的是小鹰没事。他们决定明天把小鹰放回山林。"

"耶！"孩子们齐声欢呼。

"太好了！"彼娅松了一口气，但是想起来一个问题，"不过他们要怎么放生呢？它还不会飞，是吧？"

"其实他们打算把小家伙送回鹰巢里去，实际上更确切地说……是我把它送回家去。"提香一边揉着脖子一边说，"他们会派一个同事和我一起走到峭壁下面，然后再由我爬上檐口把小鹰放回去。"

提香是一名出色的攀岩运动员，每当森林宪兵队面临需要攀岩的任务时，常常会请他出手相助。

"真希望我也能去！"卢齐奥小声地叹了口气，用手指敲了敲桌子。

"你能带我们去吗？"琪娅拉恳求道。

"抱歉，孩子们，我不能。"提香语气坚定，"这次不行。明天一大早，我们得沿着一条特别陡峭的山路前往恶魔峰脚下，和之前偷猎者走过的那条路一样——这条路对于专业登山者来说都具有挑战性，所以我不能带你们去。"

孩子们都沉默了，他们很失望。

提香看着他们如此失落，感到有点儿内疚，他意识到自己似乎用了一个错误的方式浇灭了他们的热情。突然，他想到一个主意："不过，如果你们愿意，你们也可以爬到今天我们去过的那个地方去看我怎么把小鹰放回去。"

"对啊，那片悬崖边的小草地！当然愿意！"孩子们异口同声地说。

"但是，卢齐奥，我还有工作要做。"彼娅走到男孩身边对他说，"我想，明天早上我们就得回家了……"

"姑姑，拜托了，求求你让我去吧！"

彼娅紧握着手中的杯子，陷入了思考。最后叹了口气说："好吧，那我想办法再请一天假……不过我得想个好的借口，要是我告诉老板我要去放生一只幼鹰，他是断然不会同意的……"

卢齐奥的脸上立刻绽放出灿烂的笑容："谢谢姑姑，你真是太好了！"

"你明天几点去恶魔峰？"埃托莱问提香。

"嗯……我大概十一点开始往上爬。我想我可能会使用之前偷猎者留下的锚具，这样会轻松一些。"

"那我们十一点准时在山顶的那片小松林等你。"卢齐奥保证道。

"哎，我可怜的脚啊，明天又要受苦了。"彼娅一边笑着，一边埋怨。

"姑姑，你一定可以的，而且我们回来后你有一整个晚上好好休息。拜托啦。"

这天晚上的时光，大家就在山屋里愉快地度过了。

卢齐奥和琪娅拉找了一个安静的角落，开心地聊了起来，彼此之间有着奇妙的共鸣。卢齐奥向琪娅拉展示了他的智能手机。琪娅拉被手机上的许多应用程序所吸引，这些应用程序拥有许多神奇的功能，甚至可以通过声音来控制，还能调整阅读屏幕的设置，生成电子音效。

"我给你听一段我和杰杰一起录的音乐吧。"卢齐奥说着，手机小小的扬声器里传出一段由击鼓和低音组成的音乐，节奏紧凑、有力。背景音乐里竟然还加入了说唱。

"那是杰杰在唱歌。"卢齐奥解释道，"配乐是我负责录制的，歌词则是我们一同创作的。"

琪娅拉扬了扬眉毛，撇了撇嘴。这是她第一次庆幸卢齐奥无法看到她脸上的表情。不过男孩仍然凭直觉感觉到了她对他们的说唱作品并不感兴趣。

"你不喜欢吗？如果你不喜欢，可以直接告诉我，我不会生气的。"

"倒不是不喜欢……只是因为这个音乐类型……我对说唱不太感兴趣，我更喜欢摇滚。"

"摇滚？"卢齐奥夸张地放下手机，"但是摇滚不是老年人才听的音乐吗！"

"什么？你难道没有听过喷火战机乐队[1]的歌吗？"

"哦，那是什么？"

"那绿日乐队[2]呢？你怎么可能没听过绿日乐队呢？"琪娅拉双手交叉在胸前抗议。

"没听过，拜托，这些都是什么时代的歌了。"卢齐奥大声说道，"他们怎么可能可以和埃米纳姆[3]或者肖恩·科里·卡特[4]相提并论？"

琪娅拉摇了摇头表示不能接受。

"我们还是换个话题吧。在音乐这个话题上，我们完全是两个不同世界的人。"

接下来，两个年轻人开始玩纸牌游戏，他们连续玩了

---

[1] 喷火战机乐队（Foo Fighters），一支来自美国华盛顿州西雅图的摇滚乐队，成立于1994年。

[2] 绿日乐队（Green Day），美国朋克乐队，是20世纪90年代之后美国朋克音乐复兴时期的重要乐队之一。由主唱兼吉他手比利·乔·阿姆斯特朗、贝斯手迈克·迪恩特和鼓手特雷·库尔组成。

[3] 埃米纳姆，原名马歇尔·布鲁斯·马瑟斯三世（Marshall Bruce Mathers III），美国著名说唱歌手、词曲作家。

[4] 肖恩·科里·卡特（Shawn Corey Carter），美国说唱歌手、音乐制作人。1994年，发行首支个人单曲《In My Lifetime》而正式出道。多次获得格莱美奖最佳说唱歌手奖、最佳R&B歌手奖等奖项。

好几局"连胜 40 点"[1] 的比赛。卢齐奥试图教她通过触摸纸牌边角的盲文来学习辨认牌面，但琪娅拉闭上眼睛尝试了许多次，最终还是放弃了。

"这根本不可能做到嘛！"

"我的字典里就没有'不可能'这个词。"男孩抽了一张纸牌说，"你的字典里也不应该有。"

琪娅拉看着他笑了起来。"不可能"这个词……事实上，就在几个小时之前，她似乎还不能想象自己"可能"会在一个刚认识的男孩面前如此自在。

她回忆起他们昨天见面时的尴尬，当时她还在担心在一个盲人面前该说些什么话。但现在，当她看着他，终于明白，她那时之所以感到不自在，完全不是因为卢齐奥看不见，而是因为那是她第一次不能依靠自己的外貌和肢体语言来建立人际关系。和卢齐奥的交流必须采用另外一种她完全不熟悉的方式来进行，这让她不知所措，只好表现

---

[1] 连胜 40 点，一种经典的意大利纸牌游戏。玩家需要通过组合手中的牌（如打出单张高分牌或顺子等）来获得分数，最后在一轮中达到或超过 40 点的总分即获胜。

出漠不在乎的样子，用只言片语去回应。正常的同龄人应该很快就会感受到她的冷漠，然后默默走开。但卢齐奥原谅了她，他一直站在她身旁，给她时间和机会，让她毫无保留地展现出少为人知的俏皮和开朗。

琪娅拉是学校里最迷人的女孩之一，她既美丽又高傲，许多同学都觉得她很难相处。同学们常常远远地看着她，仿佛她是一个神秘而高不可攀的存在。然而，在她那光鲜、冷漠的外表下，她只是一个脆弱且缺乏安全感的女孩。她一直在寻找真正的友谊，但遗憾的是，一直没有人真正理解她，直到她遇到了卢齐奥。

和卢齐奥的相识让她觉得不可思议。两个人相识才不到一天，这个眼睛看不见的男孩，就比那些她认识多年的朋友还了解她。这甚至让她有点儿害怕，就好像自己毫无保留地站在他面前。

天色渐渐沉了下来，石头壁炉里的火焰噼啪作响，两个年轻人互道了晚安。夜幕终于降临，窗外，一场短暂而猛烈的暴风雨打破了山谷的平静。雨点拍打在山屋的窗户上，狂风吹得窗框发出了吱吱的声音。

卢齐奥在床上辗转反侧，睡得很不安稳。他的不安并非因为外面正雷电交加，可怕的闪电正撕裂着"百步"山屋周围的山峰，也不是因为他常常做的噩梦，而是因为他担心自己第二天无法参与把小鹰送回家的行动。卢齐奥担心姑姑会因为陪他而耽误工作，但他更担心那只小鹰的命运。他想看到小鹰能够平安回到家中，然后慢慢学会展翅飞翔。

第十一章

黎明来临，山间空气芬芳清新，犹如刚晾晒过的床单，让人倍感舒适。

提香和埃托莱匆匆地打了个招呼，赶在日出前启程了。森林宪兵和泽菲洛在村子里等候着他。今天将会有一段漫长的旅程在等着提香：他需要沿着陡峭的山坡走到山谷的最深处，穿越茂密的荆棘，艰难地抵达恶魔峰脚下，最后还要攀登险峻的悬崖，才能抵达鹰巢。

"你小声点儿。"埃托莱站在门口，轻声提醒提香，"我想让孩子们再多睡一会儿。"

"好吧，如果他们八点左右出发的话，时间应该差不多。"提香看了看手表说，"如果他们起来得早，能提前一点儿到就更好了。"他从背包里拿出一个望远镜，对埃托莱说："把这个拿给孩子们，他们肯定能用上。"

还没到七点半，卢齐奥就已经整理好背包在大厅里等着大家了。而琪娅拉下楼吃早饭的时候还穿着睡衣，看起来像是在梦游。

"你昨晚听到雷声了吗？吵得我整晚都没合眼。"琪娅拉一边小口喝着热牛奶，一边为自己的晚起找借口。

"我也一宿没睡着，但是我们现在得快点儿了！"卢齐奥在一旁催促着琪娅拉，"不然等我们到的时候，提香已经把泽菲洛放回鹰巢里了！"

"不知道泽菲洛的爸爸妈妈见到它的时候，会有多开心呢！"琪娅拉一边说，一边往她的牛奶里加了一勺糖。

"再这样拖拖拉拉，你永远也不会知道的！"卢齐奥嘟起了嘴。

"好啦，好啦！我这就回房间换衣服，你等我一下。"

但是琪娅拉说的一小会儿，对卢齐奥来说显然太久了。终于，他还是没忍住，上楼用力敲了敲琪娅拉的房门。

"来了!"琪娅拉穿好衣服,背上背包,终于走出了房门,"天啊,我都不知道你哪里来的精神,一点儿都不知道疲惫是什么。"

最终,他们出发的时间比预定的稍微晚了一些,这让卢齐奥感到不太高兴。一路上,他变得越来越急躁。没有了提香在前面引导,大家今天上山的速度比昨天要慢了许多。此外,彼娅的脚虽然贴上了创可贴,但水泡还是让她走了没几步就开始疼痛起来。

"几点了?"卢齐奥不停地问。他就像唱片机坏掉了一样,总是重复这一句话。

"别担心,我们会准时到达的。"彼娅总是耐心地回答他。

时间飞快地流逝,步伐却缓慢。卢齐奥心里暗自期望能有魔法,将他手中被姑姑牵着的丝巾变成一条能催人奋力前行的马鞭。琪娅拉默默地跟在他们身后,似乎还没睡醒,或者是在想什么心事。

两个多小时后,他们终于来到了前一天休息的那块石头旁边。

"不行了，我走不动了。"彼娅坐下来，靠着石头说，"我觉得我的脚后跟都裂开了，我得把鞋子脱了，休息一下。"

"那怎么办啊？我们要来不及了。"卢齐奥忍不住叫了起来。他摸了摸姑姑靠着的那块石头。"我认得这块石头。"卢齐奥说，"我们就快到了，再走一会儿就会变得平坦起来了，那片松树林就在下面不远处！"他一边说，一边指着前面的一块地方。

琪娅拉也在石头上重重地坐了下来，一边休息一边捏着自己的小腿。

彼娅把鞋子脱了下来，她的脚后跟像着火了一样，水泡磨出的血把袜子都染红了一大片。

"天啊！这也太糟了！"琪娅拉看了看说。

"我和卢齐奥真不应该在来这儿之前才买这两双新靴子的。"彼娅叹了口气，"卢齐奥，你的脚怎么样？"

"我没事，我的脚好着呢。"卢齐奥咕哝了一句。其实他的脚也早就痛得不行了，但是他根本不会放弃，因为差一点儿就能到终点了。

"不如你和琪娅拉一起去吧，怎么样？"彼娅突然提议，"我在这儿等你们。"

卢齐奥很惊讶，他以前从来没接受过其他女孩子的帮助。

"你想和卢齐奥一起去吗？"彼娅问琪娅拉。

琪娅拉点了点头。为了让卢齐奥听到，她又补了一句："嗯，完全没问题。"

"卢齐奥，你觉得呢？"

"好吧。"卢齐奥尽量让自己的语气听起来很淡定。

"好！就这样说定了。"彼娅吃力地站起来，从腰带上把丝巾解下来，递给琪娅拉。

卢齐奥听到了丝巾摩擦的沙沙声，他立刻就明白怎么回事了。

"不用了！我这样就可以。"卢齐奥断然拒绝，他从背包里掏出了一个登山杖，然后不耐烦地向姑姑和琪娅拉比了个手势，表示自己已经下定了决心。"我跟在琪娅拉后面走就好。"

彼娅叹了口气，然后和琪娅拉交换了个眼神，"真是个固执的家伙。"彼娅心里想，但她没说出口。她知道现在的情况对卢齐奥来说已经够糟了。

"好吧。"彼娅最终点头答应。当她看着他们俩往前走时，她不禁想，如果卢齐奥的爸爸知道了会怎样。尽管从这里开始山路会变得平坦，但卢齐奥需要独自面对，他能行吗？有一瞬间，她想叫住两个孩子，但内心有一个声音阻止了她——他的路，还是得自己走下去。

"小心点儿啊！"彼娅看了看手表，大声地嘱咐着，"离十一点还有半个小时呢，你们走慢点儿！"

第十二章

提香和一名森林宪兵顺着前一天早上佩奇奥和葛拉科走过的路开始上山。宪兵用一块柔软的布将泽菲洛包裹起来，然后将它放进一个特大号的笼子里。他们紧握着笼子，小心翼翼地往上攀登。泽菲洛的头上戴着一个专门的头套，以防止它受到惊吓。两个人小心翼翼地向上攀爬，努力避免不必要的颠簸。

终于，他们到达了鹰巢下面的峭壁，提香伸出手，轻轻摸了摸岩石粗糙的表面，"这是石灰石。"他肯定地说。那两个偷猎者的绳子还留在那里，提香可以借助它向上攀爬。他紧紧抓住绳子，用力拽了两下。

"怎么样，能用吗？"宪兵站在提香身后问。

"嗯，那两个人虽然是两个坏蛋，但他们攀岩的本事还不差。"提香把登山包放在地上，接着说，"那我们现在就按计划开始行动吧！等我爬上去后，我会放绳子下来，然后你把它系在笼子上，我再将小鹰吊上去。"

宪兵点了点头，他松了一口气，庆幸要爬上去的人不是自己。那崖壁陡峭得几乎和地面垂直，实在让人恐惧。

提香把一捆尼龙绳拴在了腰上，开始攀登。他们头顶的天空湛蓝如洗，完全没有了昨夜狂风暴雨的痕迹。

宪兵弯下腰，打开了笼子的门，轻轻摸了摸泽菲洛。它的呼吸十分有规律，平稳而缓和。

琪娅拉吹着口哨，慢慢地走着。她知道，她的声音对卢齐奥来说，就像是在黑暗大海上发着光的罗盘一样。她问过卢齐奥，要不要抓着她的背包，这样可以走得更快一点儿。但是卢齐奥拒绝了。就这样，琪娅拉常常回身，倒着走一段路，生怕她的朋友会跌倒。

"嘿，听我说，你没有必要向后退着走。"卢齐奥说，"你自己走快点儿，不用管我，我没问题。"

卢齐奥的坚持让琪娅拉感到有些不开心，于是她转过身去，只用干巴巴的语气给卢齐奥一些简单的提醒，像是"右边有石头""左边有个小坑""脚下有根树枝"这些。

终于，他们到达了昨天来过的那片小松树林，钻进了那片大大的树荫下。

但是，琪娅拉突然发现了一个糟糕的情况。

"怎么会这样呢？"琪娅拉停下了脚步，大声喊道，"现在要怎么办才好呢？"

卢齐奥跟了上来，问道："怎么回事？"

昨晚的暴风雨吹倒了一棵老松树，它巨大的树干被连根拔起，引发了山体滑坡，道路上满满的都是石头和泥土，过去的路被完全堵死了。

琪娅拉站在碎石和泥土堆的前面，看到土堆上面还横躺着一棵倒下的老松树，一个巨大的路障挡在了前方。她叹了口气，准确地向卢齐奥描述了眼前的景象。

"有办法过去的，对吧？"卢齐奥担心地问。

"从泥土堆上翻过去的话应该不太可行，上面都是碎石……很容易滑倒。"琪娅拉环顾四周，"但如果我们稍微向悬崖那边走一点儿，那里似乎有一条路……只是，嗯，我觉得那条路可能有些危险，离悬崖太近了。"

"我们就从那儿走！"卢齐奥毫不犹豫地回答。

"你确定吗？"琪娅拉瞪大了眼睛，盯着卢齐奥问。

"嗯！"

"好吧，但是你得牵着我的手。"

卢齐奥并没有把手递给女孩。

"没关系，只要我能感觉到那根倒下的树干在哪儿，我就能顺着它走。"他一边说着，一边用登山杖开始在周围摸索。

"小心你手上的登山杖。"琪娅拉有些不满，嘟起了嘴。卢齐奥的登山杖差一点儿就碰到了她。

卢齐奥摸索着向前迈步，费力地爬上土堆，终于摸到了那根树干。他沿着它朝着悬崖的方向慢慢挪动，然而，树枝划破了他的衣服，还刮伤了他的皮肤。

那种灼烧般的疼痛仿佛将他带回了一个曾经做的噩梦，梦中有无数看不见的荆棘长满了尖刺，试图抓住他，让他重重地摔倒在地。梦中的场景与眼前的场景如出一辙。一瞬间，他本能地想要转身，仿佛梦中的另一个自己随时都可能从身后出现。卢齐奥紧咬着嘴唇，强迫自己停止胡思乱想。

琪娅拉走在他后面，卢齐奥的固执让她不知道该怎么办才好。

"小心！你脚边有块大石头！"她惊慌失措，对着卢齐奥大喊。

但是已经太迟了，卢齐奥一下子撞上了那块石头，痛得龇牙咧嘴。他一边按着自己的小腿，一边对琪娅拉喊："我没事！"

"怎么没事啊！"琪娅拉生气地说。她停了下来，看向彼娅在的位置，"我得告诉彼娅阿姨，让她赶紧过来。"她心想，但是卢齐奥接下来说的话阻止了她的行动。

"没事！我没有伤到自己。"他一边大喊一边试着站起来，然而就在这时，他脚下一滑，又重重地摔了下去，这次撞到了尾椎骨。

琪娅拉尖叫了一声。

"我没事，真的。"卢齐奥试着安慰琪娅拉，然后伸手去寻找他的登山杖。男孩的心怦怦直跳，这一刻，他第一次有了一种害怕的感觉。

琪娅拉急忙跑过去，捡起登山杖递给卢齐奥。她站在他面前，一只手紧张地抓着一根松树枝。

在他们几米开外的地方就是峡谷，而女孩身后的路已经变得通畅无阻。

琪娅拉生气地看着卢齐奥。"你听好了，我现在真是受够你了！"她提高了嗓门，大声宣泄着自己的不满，眼中又是担心又是生气。

卢齐奥一句话也不敢说，他从来没见过琪娅拉这么生气。"你就算不爱听，我也要告诉你，"琪娅拉接着说，"我知道你不喜欢别人帮忙，什么事都想自己做……但是你没必要所有的事情都自己做，你知道吗！"

"我不喜欢依赖别人，"卢齐奥为自己辩解，"为什么你们都不理解我？"

"所有人活在这个世界上，都有需要别人帮助的时候！"

卢齐奥低下了头："话是这样说，但是你不明白当你所有的事都得向别人寻求帮助的时候……"

"所有的事？"琪娅拉反驳道，语气充满了不解，"我这几天从来没见你向任何人请求过帮助。一次都没有！现在的问题是，要是因为你不肯让别人帮助的固执而错过了看到放生泽菲洛的机会，你认为这样值得吗？"

卢齐奥苦笑着，"你也看见我的样子了……你根本不知道我这个情况，要怎样面对生活……"卢齐奥有些哽咽，他不知道哪里来的勇气说出了这些话。

"但是你知道吗，好歹你知道你的苦恼，你了解它，你知道该怎么样克服它，而我根本不知道我到底是怎么了。我好像得了一种病，一种不知道名字的病……"琪娅拉的双眼噙满了泪水。

卢齐奥张了张嘴，他想说些什么来安慰女孩，但他终究没有开口。

"我总觉得自己格格不入，我在学校里一句话也不敢说，因为我觉得自己什么都不懂，同学们都以为我是故意装出那个样子的……"琪娅拉的声音在颤抖，"但是当我和你在一起的时候，我……"她话没说完就大哭了起来。

男孩愣在了原地。在这宁静的山林中，琪娅拉生气的话语甚至带给他一些安慰。女孩的哭声回荡在山林和岩石

之间，似乎被放大了。那声音听起来像来自远方，来自大地深处，来自两颗孤独的心。卢齐奥认出了这种哭声，这种相同的痛苦也曾经在他心中一个隐秘的角落封存了许多年，却从未被他表现出来。此时，在女孩哭声中藏着的，正是卢齐奥以前从没有勇气去承认的孤独和脆弱。

卢齐奥沉默了良久，他稍稍歪着头，等待她的哭声渐渐平息。然后，他把手伸进了自己的衣袋里。

"嘿，你要不要吃块太妃糖？"卢齐奥试图让女孩开心起来，而他做到了。

"你想用一块糖来哄我吗？"琪娅拉扯过袖子，擦了擦眼角的泪水。

卢齐奥慢慢地把登山杖折叠起来，别在自己的腰带上。

然后，他向琪娅拉伸出了自己的手。

琪娅拉又哭了起来，但这次，她的泪水是开心的泪水。

没有多余的言语，两人默契地相视一笑。

女孩轻轻地握着男孩的手，带领他穿过老松树和悬崖之间的那条窄长的小径。

两人一路顺利前行，再也没有遇到任何障碍。

第十三章

提香终于爬到了鹰巢，他朝宪兵扔下一根长绳，开始把小鹰吊上去。当快到达山顶的时候，泽菲洛开始变得躁动不安，浑身不停地颤抖着。它嗅到了家的味道。

提香停止了手上的动作，擦了擦额头上的汗珠。

"就快到了！"宪兵站在悬崖下，高声地喊。阳光很刺眼，他把手挡在了眼睛上面。

与此同时，在悬崖的对面，两个孩子正在崖边那块小草地上张望着。

"我们是不是来得太迟了？"卢齐奥问，他的手还紧紧地握着琪娅拉的手。

"哦！提香在那儿呢！"琪娅拉高兴地叫出了声，"好，现在我要用望远镜了。"

"他已经爬到鹰巢边了吗？"

"对，但是泽菲洛还没有，提香现在正把它往上拉呢。"

"耶！太好了！"卢齐奥兴高采烈，"我们赶上了！"

卢齐奥把背包放下来，坐在草地上。"现在呢？怎么样了？"

"这个嘛……"琪娅拉在努力地调节望远镜的焦距，但是镜头里的画面晃动得还是很厉害，"嗯……你介不介意我把你当三脚架。"

"啊？"

"不然我什么都看不到嘛。"琪娅拉站到卢齐奥身后，把望远镜搭在了他的脑袋上。

"我还没同意呢……"卢齐奥噘着嘴，故作生气地小声嘟囔了一句。

"好啦，别发牢骚了。"琪娅拉笑着说，"别动啊，如果可以的话，最好也别呼吸。"

卢齐奥笑了起来："可惜你的同学无法看到你真正的一面。"他与琪娅拉分享着自己的想法。琪娅拉的呼吸很轻，像一阵微风一样，吹干了男孩脖子后面的汗水。

"现在好多了。"琪娅拉把镜头对准鹰巢，用一种带着鼻音的广播腔，不紧不慢地说，"亲爱的听众朋友们，现在，我们的超级英雄——提香，正准备把泽菲洛放回它的巢里。这一切都多亏了两个神勇无比的小孩，把它从可恶的偷猎者手中解救了出来！"

卢齐奥哈哈大笑起来。

"喂，喂，下面的这位听众，请你稍微控制一下，不然我什么也看不到了。"

卢齐奥深吸了一口气，停住笑声。"好，我刚才说到哪里了？哦，提香把笼子打开了，然后他把小鹰抱了出来，等一下，应该说他抱出了一个里面裹着小鹰的布团吧，哦，看呐！是泽菲洛！它被裹得像个木乃伊一样，脑袋上好像还蒙着一个头套。提香现在正沿着峭壁朝鹰巢缓慢前进，他到了，他到鹰巢了，他把小鹰放了进去。"

卢齐奥紧张地屏住呼吸。

"他把泽菲洛的头套摘下来了！"琪娅拉宣布道。

当提香打开笼子，把裹在小鹰身上的布解开的时候，泽菲洛本能地伸出了爪子，在空中四处抓了抓，还差点儿抓到了提香的脚踝。提香深吸一口气，他现在必须集中精力，离最后的成功只差一步了。

他站起身，怀里紧紧地抱着小鹰，沿着峭壁凸出来的部分缓慢地挪动到了鹰巢边上。他先用脚踩了踩，测试一下鹰巢是否牢固。那些粗壮的树枝连晃都没晃一下，紧紧地交织在一起。老鹰筑巢的技艺着实让提香叹为观止：它们总能找到那些最适合建巢的树枝，不辞辛劳地飞越千山万水，衔着树枝前来，将它们巧妙地堆叠在悬崖上，创造出一个坚固无比、能抵御风雨的居所。

这简直是一个精湛的艺术品，提香暗自称赞。他小心地踏入鹰巢，慢慢将小鹰放置在巢中。然后，他略微退后两步，与泽菲洛保持一段安全的距离。接着，他慢慢地伸手靠近泽菲洛，轻轻解下它的头套，然后迅速后退，以免被它啄伤。

泽菲洛过了一会儿才明白发生了什么，而此刻提香正沿着鹰巢的边缘缓缓后退，以免吓到泽菲洛。泽菲洛一点点挪到了提香对面的地方，躲到了石头后面。

"好，完成了。"提香松了一口气。"天知道那两个孩子现在……"提香看向了悬崖对面的松树林，正好看到了琪娅拉他们两个，他向他们挥了挥手。

"嘿！他在向我们招手呢！"琪娅拉欣喜若狂，大声回应着，"嘿——"

两个人也用力地向提香招了招手。

"太好了！他还记得我们在这边看着他。"琪娅拉目不转睛地盯着望远镜，"他现在正顺着峭壁往下降呢，你说我们要不要也回去，彼娅阿姨现在一定像冰激凌一样，要被太阳晒化了。"

"再等一会儿吧。"卢齐奥说，"我们等提香下到地面就往回走。"

他们静静地等着。山的那边，提香正熟练地操纵着轮轴，下降高度。

就在这时，一声尖锐的鸣叫突然划破了天空。

卢齐奥猛地跃起："那是老鹰的声音！"

琪娅拉放下望远镜，急忙四处寻觅。

"你看到老鹰了吗?"卢齐奥焦急地问。

"噢,在那儿呢!我看见了,是米斯特拉尔和莱万特!太好了,它们看见自己的孩子泽菲洛回来了一定高兴得不得了……"

但是,琪娅拉的笑容突然消失了。

不好,出事了。

提香下降到一半的时候,下落装置的轮轴突然卡住了。

"看吧,我就说事情不可能进行得这么顺利。"提香现在正悬在半空中晃来晃去。

"怎么了,你还好吗?"底下的宪兵大声问道。

"绳子打结了,我被卡住了。"

老鹰的叫声让提香吓了一跳,他抬起头,发现米斯特拉尔和莱万特正在恶魔峰上空盘旋。

"不是吧,小家伙的父母怎么这个时候回来了?"

鹰爸爸和鹰妈妈刚飞回巢穴,惊讶地发现它们的孩子居然回来了。它们将目光瞄向半空中的提香,误以为他也是来抢夺它们的孩子的,却不知道是提香将泽菲洛带回巢穴的,此刻他正准备离开。

要解开卡住轮轴的绳子，提香必须顺着峭壁再往上爬一段距离，以确保绳子有足够的松弛长度。他抬起头，恰好目光与米斯特拉尔相遇。此刻，米斯特拉尔的翅膀贴紧身体，宛如一枚导弹，以惊人的速度朝提香飞了过来。它来势迅猛，令人胆战心惊。

"好的，要保持冷静，一定要保持冷静。"提香在心中默默念叨，双脚稳稳踏在峭壁上，随时准备着躲避。

就在这时，米斯特拉尔展开翅膀，开始减缓速度，露出了锋利的爪子，向提香袭来。就在它即将抓到提香的瞬间，提香猛地朝一侧甩身，成功躲开了攻击。然而，事情还没有结束。米斯特拉尔察觉到了提香的动作，在空中来了一个灵巧的急转弯，这一次，它成功抓到了提香安全帽上面的带子——就在耳朵上方一点的位置。提香受伤了，虽然只是一点儿擦伤，但是足够让人感觉到老鹰的凶猛。一人一鹰在半空中僵持片刻，接着，提香再度运用双腿的力量，将自己荡向空中的另一侧，米斯特拉尔失去平衡，只得无奈地松开了它的爪子。

更令人担忧的是，莱万特也准备加入战斗，这简直让人无法相信有多危险。

悬崖下的宪兵迅速掏出手枪，朝空中开了一枪，子弹的瞄准位置与莱万特相隔甚远，只是为了威慑它。

枪声显然让莱万特受到了惊吓，它迅速飞回了原来的高空。

提香正拼了命地试图解开绳结，他双手满是汗，心脏狂跳不止，但这无济于事，两只老鹰此刻正在他的头顶盘旋，随时准备再次袭来。

"我的天啊！那两只老鹰正在攻击提香！"琪娅拉的声音断断续续，她紧张得不行。

"难道它们不知道是提香救了泽菲洛吗？"卢齐奥紧张到差点儿话都说不清楚了，"提香还有多久才能下到地面？"

"他已经离地面很近了，可是我弄不明白，为什么他现在停在半空中，没有继续下降的迹象。"琪娅拉焦急地说道，她的语调紧张到了极点。

当她看到米斯特拉尔的爪子钩住提香头上的带子时，她吓得尖叫了出来。

紧接着，一声枪响回荡在山谷间。

"谁开了枪?"卢齐奥本能地屈身躲藏,双拳握紧。

"应该是那位宪兵,他就在提香下方。"琪娅拉将望远镜对准峭壁下方。

"哦,天啊!我们该怎么办?那两只老鹰还在攻击提香,提香在干什么?他为什么还不下降?"

"带我去悬崖边。"卢齐奥毫不犹豫地说道。

"啊?你要做什么?"

"琪娅拉!拜托了,照我说的去做。"

琪娅拉决定按卢齐奥说的做。两个孩子走到悬崖边,琪娅拉一只手牢牢握住卢齐奥。

卢齐奥此刻全神贯注,他吸了一口气,将双手放到嘴边。

一声极其响亮的声音突然震彻山谷。

那是渡鸦的叫声。

琪娅拉吓了一大跳,这声音是从卢齐奥口中发出来的。

这边,提香正用双手护住了头,准备正面迎接莱万特的袭击。

就在这时,卢齐奥发出的渡鸦叫声在山谷中回荡,两只老鹰的目标瞬间改变了，它们停止了对提香的攻击，提升了高度，因为它们担心小鹰可能会被它们的天敌偷袭。

米斯特拉尔巡视四周，莱万特则飞回了巢里。趁着这个机会，提香终于把绳子解开了，他重新开始下降高度，几分钟后，他成功到达地面。

卢齐奥又重新叫了一声，米斯特拉尔听到后迅速朝他们的方向飞来。

"成功了！"琪娅拉高兴地叫了起来，"提香现在安全了……喂，你快别学渡鸦叫了，有只老鹰现在正朝我们冲过来了！"

两个人迅速离开了悬崖边，躲到树林里的一棵松树下面。

米斯特拉尔飞到了他们的头顶上空，发出了一声挑衅的鸣叫。然而没有得到渡鸦的回应，它扭头飞回了山峰的另一侧，最终降落在了鹰巢里。

琪娅拉激动地冲向卢齐奥，紧紧地拥抱着他。

在高高的悬崖上，老鹰一家也在彼此拥抱。虽然拥抱的方式不一样，但同样温馨和美好。泽菲洛的喙与妈妈的喙轻

轻相碰，从喉咙里发出亲昵的声音。莱万特轻轻地展开翅膀覆盖在儿子身上，而泽菲洛则乖巧地依偎在妈妈身旁。

米斯特拉尔欣慰地凝视着孩子。随后，仿佛什么都没有发生一样，它展开翅膀飞离巢穴，再次开始了寻觅食物的任务。

它的宝贝已经两天没吃东西了。

第十四章

一年后

山屋的门嘎吱一声打开了，彼娅抬起一只手遮住了刺眼的阳光。她伸展了一下双腿，平静地朝着"睡鼠谷"的方向走去。刚刚吃完埃托莱做的丰盛的午餐，她正打算找一片草地躺下，享受一段宁静的午后小憩时光。尽管阳光明媚，山谷中的清冷空气还是让她不禁打了个喷嚏，她随即把一块丝巾围在脖子上。

门再次发出了嘎吱的声响。

"姑姑，你等等我们啊！"卢齐奥跟了出来。他右手握着一个柔软的牵引环，下面套了一根皮质的牵引绳，而绳子的另一端牢牢地系在阿斯特罗的身上。

　　阿斯特罗已经陪伴卢齐奥将近一年了。它是一只温和又体贴的拉布拉多，也是一只忠诚的导盲犬。

　　卢齐奥第一次见到阿斯特罗就喜欢上了它。他们的第一次见面让男孩开心不已。他一见到狗狗就弯下腰，将手插进它柔软的毛发中温柔地抚摸着。他感受到阿斯特罗的

毛发非常浓密，就像一块披肩一样覆盖在脖子上。狗狗也非常喜欢男孩，它热情地、不停地用舌头舔着男孩的脸。从那一刻起，他们就成了亲密无间的好朋友。

"嗯，我觉得它的名字不是很好。"卢齐奥曾在训犬师为他介绍狗狗的时候说起。接下来的几天里，他一直想为狗狗取一个新名字。他尝试了艾伯斯……然后是皮顿……他甚至尝试了多比……但是，狗狗还是只对它自小就用的这个名字有反应。当然，这也在情理之中。

一年前在"百步"山屋，卢齐奥结识了他的好朋友琪娅拉。在那次"营救小鹰"的行动中，在那条被大树堵住的小路上，女孩生气地对男孩说出了一番话。那番话就像一剂魔法药水，唤起了卢齐奥内心深处的某种神秘力量。男孩的姑姑和父母都没有想到，从那以后，男孩发生了巨大的变化。

当然，要让那个"我什么都能自己做"的卢齐奥消失并不是一件容易的事，而导盲犬阿斯特罗立了大功。有了阿斯特罗的陪伴，男孩终于真正感受到了自由的快乐。他可以毫无顾虑、随心所欲地出门，比如乘坐公交车去学校，或者与朋友们相邀去市中心聚餐。在公交车上，阿斯特罗会引导他找到一个空座，这样他就再也不用担心手中的导盲杖会碰到别人。

高中的第一年对男孩来说并非一帆风顺，尤其是在最初的几个月里，他从前的固执和独立几乎让他陷入困境。实际上，在这个全新的环境中，他曾经依赖的判断力和感知力突然失去了力量，一系列新的挑战消耗了他所有的精力，使他难以体会到学校生活的乐趣。

但是阿斯特罗的出现和陪伴让一切都发生了改变。这只狗狗不仅帮助男孩避开了路上的障碍，还带着他穿越校园去探索那些他从未涉足的地方。它甚至还是一个了不起的交友高手。在男孩的学校里，他的这位"四足朋友"简直就像是一个明星，特别受女孩们的欢迎。甚至连卢齐奥的好朋友杰杰都表示，也想要一只这么可爱的宠物。或许一些刚认识卢齐奥的同学会因为他看不见而感到相处尴尬，但阿斯特罗温柔、友好的目光和那可爱的、总是伸在外面的舌头很快就能让人忘记这个男孩的特殊之处。多亏了阿斯特罗，在短短的时间里，卢齐奥就结识了许多同学，他开朗而真诚的性格很快就将他们变成了自己的好朋友。

卢齐奥深知他的转变和成长与琪娅拉分不开。过去的一年里，尽管他们未曾相聚，但一直保持着联系。琪娅拉对他说，她要在高中重新塑造自己的人生。她在电话中这样告诉他："崭新的学校，崭新的琪娅拉。"通过与男孩的友谊，她终于明白：原来在家庭之外，她也能真实地做自己，活出自己的精彩。

卢齐奥非常想念她，而现在他们终于又要见面了。

琪娅拉和提香将在午餐后一同抵达山屋。

"走吧，我们找个地方边晒太阳边等他们吧。"彼娅一边提议一边朝着山谷的方向走去。

卢齐奥轻轻摸了摸阿斯特罗的头，示意它跟上自己和姑姑。

于是，他们走到了"睡鼠谷"，找了一片草地，坐了下来。

"一百步。"男孩突然说，然后双腿交叉，做出了一个奇怪的姿势。

彼娅好奇地问："一百步是什么意思？"

"我刚数了数从山屋到这里的步数，恰好是一百步。"

"哈哈，可真巧啊。"彼娅懒洋洋地伸了个懒腰，然后舒服地躺在了草地上。

"你觉得山屋是不是因为这个原因才叫这个名字啊？"

"这个嘛，等会儿我们得问问埃托莱。"彼娅打了一个大大的哈欠，"好了，我现在不想说话了，空气这么清新，太适合懒懒地打个盹了。"

卢齐奥躺在草地上，却一直关注着来自山路那边的声音。"琪娅拉什么时候才来？"他一边想着，一边轻柔地抚摸着阿斯特罗的毛发。狗狗也愉悦地享受着小主人的爱抚，这只小家伙刚从埃托莱那里得到了一大份的食物，现在它的小肚子鼓得像个篮球一样。

彼娅早已进入梦乡，她平稳的呼吸声仿佛是一首摇篮曲，催人入眠。

突然间，阿斯特罗抬起了头。

有什么东西挡住了阳光，然后瞬间又消失了。

阿斯特罗小声地叫了起来。

"你怎么了？"卢齐奥问道。

男孩摸了摸狗狗的脑袋，注意到它的鼻子朝着天空。一只鹰的轮廓，在蔚蓝天幕的映衬下，浮现在他的脑海中。一阵强大的翅膀振动的声音拂过他的耳边，泽菲洛来了，它此刻就在他的头顶翱翔。昔日的小鹰正乘着气流，犹如一朵无形的浪花，在"睡鼠谷"上空翻腾前行。

"你终于来找我了。"男孩低声说着。

泽菲洛降低了高度，似乎准备朝他们飞来。阿斯特罗警觉地竖起耳朵。它在空中划过一道优雅的弧线，盘旋在卢齐奥的头顶上方，然后又重新在风中飞舞起来。

男孩拉住阿斯特罗背上的护胸带，缓缓站了起来。他朝山崖的边缘慢慢走去。意识到危险的阿斯特罗立刻挡在了主人的前面，不让他前进。

"阿斯特罗，它在召唤我，它想要我跟它走。"卢齐奥仿佛又一次置身于梦中。不过这一次，他没有看到那个和他长相相似的男孩。他独自站在悬崖边，与泽菲洛为伴。老鹰在他的头顶上空飞舞了一圈，然后迅速俯冲，飞向山谷深处。

男孩松开了牵引绳，张开了双臂。

他跨过阿斯特罗，纵身一跃，跳下了山谷。

卢齐奥感觉身体在自由地坠落，时间似乎被无限延长开来。他的呼吸越来越困难，下方尖尖的云杉和坚硬的岩石正在迅速向他靠近。然而，越是接近地面，那种恐惧的感觉就越是消退。男孩觉得自己似乎也变成了一只老鹰，他俯冲而下，向着猎物飞去。

突然间，男孩感觉到有两只巨大的翅膀在他周围拍动着。泽菲洛从他身边呼啸而过，发出雄鹰高亢的鸣叫，它正激励着男孩和自己一同在空中飞翔。卢齐奥在空中展开双臂，伸开双腿，像极了一名参加奥林匹克比赛的跳水运动员。风吹皱了他的脸，他的头发疯狂地舞动着。他闻到了森林苔藓的香气离自己越来越近，马上他就要坠落了。

就在这时，他感知到了风的变化，下方有一股温暖的气流如同一只无形的手，轻轻地将他托了起来。老鹰再次发出鸣叫，飞到他的面前。它挥动着翅膀，在空中呼啸而过，在触地前又重新升了起来。

卢齐奥也长出了两只羽翼，他跟随泽菲洛再次腾空而起。

这一次，他不再坠向地面。

他学会了飞翔。

卢齐奥感受到松树尖轻轻触碰他的衣服，然后他与泽菲洛紧密相连，完成了一个近乎不可能的急转弯，滑入一条幽谷。他们一起飞越了湍急的河流，悬浮在空中的水珠湿润了他的脸颊和双眼。从他的口袋中，飘散出一股太妃糖的香气。

他听到身后传来喘息声。

"你好，阿斯特罗，你也开始飞起来了，对吧？看，多么奇妙啊！"他兴奋地笑了起来。

"糟糕，你不能吃还没有去掉包装纸的糖，你会拉肚子的！"

狗狗发出响亮的吠声。

彼娅被惊醒了。

"卢齐奥！"她站起身来，"你在做什么？"

她看到侄子站在悬崖边，风吹乱了他的头发，他伸展着双臂，就像一只鹰一样在飞翔。

阿斯特罗窝在他的脚边，先看了看卢齐奥，然后又看向彼娅，脸上满是疑惑。它的眼睛湿润而明亮，舌头像往常一样长长的伸在外面。

彼娅迈出一步，向侄子缓缓地伸出一只手。

一声鹰的鸣叫响彻山谷。

彼娅的手停在了半空中。

卢齐奥微笑着，从来没有看到他如此地快乐。

传说果然是真的：睡鼠也能飞翔。

作者注

当这个故事最初在我心中还只是一些模糊的画面时，我突然生出了一个前所未有的构想：我想尝试用听觉、嗅觉、触觉和味觉来勾勒它。在忽略视觉，不去感知我们熟悉的光线、颜色和形状的情况下，我竟然获得了一种全新的体验。我发现了大自然那些常常被隐藏起来的信息，同时也领略到了那些仅有非凡感知的人才能看到的多彩世界。

鸣　谢

如果没有桑德罗和他的姑姑丹妮拉，这本书或许就不会问世。在阿布鲁佐国家公园里，我初次遇见了他们。那时，桑德罗刚刚结束他的志愿者工作。在那段经历中，他展现出了非凡的领导力，成为整个团队中最充满热情的队员。努力又拥有毅力的他成为大家学习的楷模，他与大自然独特的亲近方式也在大家心中留下了深刻的印象。

故事的主角卢齐奥虽然不是桑德罗，他的身上却处处都有桑德罗的影子。他们的身上都蕴藏着一种难以形容的、无法描述的力量，能够带领人们去体验生活中的欢乐，鼓励人们勇敢尝试、不断探索。卢齐奥与桑德罗最相似之处在于他们对于他人的影响：他们对生活的那种热爱如同一扇通向内心深处的大门，一旦打开，便能引导每个人以全新的视角去认识真实的自己。

亲爱的桑德罗，这本书献给你。愿你那坚定的步伐能带你走得更远，去发现大自然更多的奥秘。就像那个夜晚，你以惊人的技巧模仿狼的号叫，让你的朋友们惊叹不已，甚至连你自己都没有预料到，你的声音竟然引来了整个狼群的同应。从那刻起，你就是我心中真正的"狼语者"。

现在，我想要特别感谢两个人：莫伊拉和卢卡。在桑德罗的每个经历中，你们就像米斯特拉尔和莱万特在小鹰泽菲洛第一次飞翔时一样：鼓励他，让他自由地展翅高飞；在他归来时，又会用一个温暖的拥抱轻抚他的翅膀，给予他安慰和温暖。

对于丹妮拉，这位热爱旅行和冒险的超级姑姑，我由衷地钦佩她拥有坚韧不拔的毅力、充满爱心的品质以及坚定的意志。感谢她愿意与我分享桑德罗的故事。

我还要感谢意大利无障碍图书基金会、米兰盲人协会、埃莉莎·莫利纳里、安东尼诺·科特罗内奥和伊丽莎白·科拉丁，感谢他们在消除残疾人障碍和偏见方面所做出的努力与贡献。

特别感谢意大利登山俱乐部的玛尔塔·玛扎卡诺女士和萨拉尼出版社的总编辑玛丽亚格拉齐娅·马奇泰利女士，感谢她们坚定地支持这本书的出版。

我还要感谢西西里猛禽保护协会的所有志愿者，是他们不顾安危，一直守护着博内利鹰和其他珍稀鸟类的巢穴，勇敢地与肆意偷猎、非法贩运的掠夺者进行斗争。

最后，我要衷心感谢埃马努埃莱、克劳迪奥、安东内拉以及志愿者萨拉、埃莱娜、蒂齐亚娜、弗朗西斯卡、洛伦佐和玛蒂尔德。是他们让我得以像一个隐形人一样，悄悄地观察着桑德罗的世界，虽然我敢肯定桑德罗一定察觉到了我的存在。

朱塞佩·费斯塔